Ferdi an Poldi

In memoriam
Harald

Die Autorin
Jahrgang 1958, ist mit Begeisterung in diversen Jobs der Dienstleistungsbranche tätig: Dosenöffnerin, Servierkraft, Reinemachefrauchen, Toilettenfrauchen, Portierfrauchen, Tierkörperbeseitigerin, Beschäftigungstherapeutin, Streichelfrauchen und zu guter Letzt Ghostwriterin Ferdi.

Annegret Stössel

Ferdi an Poldi

Kreuzberger Kater an bayrischen Löwen

Bibliografische Information der Deutschen
Nationalbibliothek:
Die Deutsche Nationalbibliothek verzeichnet diese
Publikation in der Deutschen Nationalbibliografie;
detaillierte bibliografische Daten sind im Internet über
http://dnb.dnb.de
abrufbar.

weitere Mitwirkende:
Manfred Sagstetter München

Fotos, Layout und Umschlaggestaltung:
Annegret Stössel

Herstellung und Verlag:
BoD – Books on Demand, Norderstedt

ISBN: 978-3-8370-8184-8

Das Kennenlernen

Jung gebliebener bayrischer Löwe, Naturbursche, Abenteurer, vielseitig interessiert, sucht aufrichtige Brief- oder E-Mail-Freundschaft mit anderem Pelztier. Keinerlei Futterneid.
(Chiffre PTO-BLP)

Von: **Ferdi**
An: **Poldi**
Betreff: Chiffre PTO-BLP

Lieber Löwe,
ich schreibe Dir auf Deine Chiffre-Anzeige bei Pelztiere-online. Ich heiße Ferdi, bin ein kleiner Kater und lebe zusammen mit meinem zweibeinigen Frauchen in Berlin-Kreuzberg.
Mein Frauchen ist ganz liebreizend, aber ab und zu gibt es mit ihr Meinungsverschiedenheiten in Bezug auf mein Katerleben. Das betrifft zum Beispiel meine Futterauswahl, meine Jagdausflüge und -trophäen sowie meine Liege- und Nutzungsrechte in dem von ihr mitbenutzten Zuhause. Ich sehne mich deshalb in letzter Zeit sehr oft nach einem gleich gesinnten und solidarischen Pelztier, insbesondere seit mein Katerfreund Alois kürzlich im hohen Alter verstorben ist.
Die Freundschaft mit einem Löwen, überdies aus Bayern, wäre eine große Bereicherung meines Katerlebens. Denn als Kreuzberger Pelztier bin ich offen und tolerant für alles Neue und Fremde. Ein Kreuz-

berger Kater befreundet mit einem bayrischen Löwen, das wäre so richtig multikulti, wie wir hier sagen. Und mein Frauchen könnte ich sicherlich auch mit der Freundschaft zu einem coolen Löwen beeindrucken. Deshalb würde ich mich sehr freuen, liebes bayrisches Pelztier, von Dir zu hören.

Dein Kreuzberger Pelztier
Ferdi

PS Ich bin ein hervorragender Jäger (Vögel, Mäuse, Ratten, Eichhörnchen), sodass es auch bei mir keinerlei Futterneid gibt.

Von: Poldi
An: Ferdi
Betreff: re. Chiffre PTO-BLP

Lieber Berliner Haustiger,
vielen Dank für Deine E-Mail. Ich heiße Poldi und es freut mich enorm, dass Du mit mir befreundet sein möchtest und dass Du bei Deinem liebreizenden Frauchen Eindruck schinden willst mit der Liaison zu einem coolen bayrischen Löwen. Ich fühle mich auch sehr geehrt, dass Du mich cool findest. Wie Du, bin auch ich offen und tolerant für alles Neue und Fremdartige.
Ich bin sowieso der Ansicht, dass sich unsere Charaktere in vielerlei Hinsicht ähneln und wir zahlreiche mentale Gemeinsamkeiten aufweisen. Auch ich leide zum Beispiel an Murophobie, dem Ekel vor Mäusen

und Ratten. Ich finde diese Viecher, die man ja häufig in Zusammenhang mit Müll, Unrat und Krankheiten bringt, einfach eklig und ich kann Deine Anwandlungen für Jagdausflüge auf diese Biester gut nachvollziehen. Mir sind sie als Jagdtrophäen jedoch zu winzig und unter meiner Würde.

Es soll ja in Deinem Revier ein echtes Rattenproblem geben. Die Tatsache, dass rein statistisch gesehen auf jeden Berliner sechs Ratten treffen, finde ich schon beachtlich. Da hast Du viel zu tun. Oder Du solltest vielleicht mal um Abhilfe beim Rattenfänger von Hameln anfragen.

Es wäre interessant zu wissen, wie viele es in meiner bayrischen Metropole sind. Es scheinen ebenfalls nicht wenige zu sein, denn Ausdrücke wie Bachratz für eine asoziale und ungepflegte Person und ratzfatz und ratzeputz sind geläufige Wörter in unserem Idiom. Schüler bezeichnen den Radiergummi in Bayern oft auch als Ratzefummel und unser bayrischer Oberhirte, alias Benedikt XVI, heißt mit Familienname Ratzinger.

Nicht teilen mit Dir, mein Kreuzberger Pelztier kann ich die Jagd auf Eichhörnchen oder Oachkatzl, wie wir in Bayern sagen. Diese mit buschigem Schwanz versehenen Nager sind meine besonderen Freunde, weil ich ihre Kletterkünste, ihre Vorliebe für Nüsse und ihren Sammlertrieb bewundere. Zum Glück sind sie wegen ihrer Agilität nur schwer zu erwischen und die Jagd auf sie ist mit einem gehörigen Risikofaktor verbunden.

Wie ich in der Zeitung las, hat sich ein Hund namens Jigger bei der Jagd nach einem Eichhörnchen schwer verletzt. Er ist bei der Verfolgung des Tierchens eine Böschung hinaufgerast, die so steil war, dass er einen Salto rückwärts machte, aufjaulte und bewusstlos liegen blieb. Der Tierarzt diagnostizierte eine schwere Verletzung der Halswirbelsäule. Das Eichhörnchen kam unverletzt davon. Lass Dir das Schicksal von Jigger eine Warnung sein.

Lieber Ferdi, ich hoffe, von Dir zu hören.

Auch ich wünsche mir, dass unsere Multikultibeziehung eine große Bereicherung in meinem Raubtierleben sein wird.

Dein bayrisches Wappentier

Poldi

Von: **Ferdi**
An: **Poldi**
Betreff: Der Vorname

Mein lieber Löwenkumpel,
damit wir uns besser kennenlernen, möchte ich Dir
heute alles zu meinem Vornamen Ferdi erzählen. Das
ist nämlich eine längere Geschichte.

Wie mir mein alter Kumpel Alois, der Katergott habe
ihn selig, berichtete, hat das Frauchen bei der Suche
nach meinem Namen ihre schlauen Katerratgeber
gewälzt. Darin steht, dass kurze zweisilbige Namen,
die mindestens einen hellen Vokal und das am besten
am Namensende enthalten, erzieherisch für mich als
Kater am effektivsten sind.

Zuerst dachte das Frauchen an den zweibeinigen Sänger Freddy. Nein, nicht Freddy Quinn; der Junge
kommt so bald nicht wieder. Sie hatte den Freddy
Queen im Kopf. Der hat nämlich immer gesungen
„Wir wollen euch steinigen!" Da siehst Du gleich, auf
was sie so steht, die Zweibeinerin aus Kreuzberg.

Alles klar? Hast Du die Melodie im Kopf? „We
will ...." Ich wiederhole es nicht noch einmal. Es ist
ohnehin schon schlimm genug. So ein Experte von
Zweibeiner wäre um ein Haar mein Namenspatron
geworden. Da wäre ich von klein auf gebrandmarkt
gewesen für alle meine sieben Katerleben.

Zum Glück hat das Frauchen es sich anders überlegt.
Denn ich bin ein Edel-Kater, für den nur ein standes-
gemäßer Name, wie zum Beispiel Ferdinand, Abkür-
zung Ferdi, infrage kommt. Den vollen Namen meiner

9

edlen Herkunft kann ich Dir natürlich wegen des Datenschutzes nicht nennen. Aber etwas umschreiben kann ich es: Es gab da mal vor langer, langer Zeit so einen zweibeinigen Politiker, den sie auch den Eisernen nannten. Alles klar?

Doch in Crossmountain kann ich nur als Undercat leben, hier steht man nicht auf Edel. So ruft das Frauchen mich nun Ferdi, der Name ist korrekt, zwei Silben, heller Vokal am Ende.

Und wenn es einmal Servicemängel gibt, dann genügen ein oder auch mehrere Miaus von meiner Seite, zwei Silben, lange Betonung auf dem hellen Vokal, um die Serviceengpässe zu beheben.

Ich kann Dir versichern, dass mein Name Ferdi und meine Miaukenntnisse einen hervorragenden erzieherischen Effekt für mich als Kater haben.

FvB

Geheim!!! Das bleibt unter uns, Kumpel!

Von: Poldi
An: Ferdi
Betreff: re. Der Vorname

Mein lieber Crossmountain Stubentiger,
bezüglich meines Vornamens habe ich auch ein kleines Geheimnis. Aber da Du mein bester Kumpel bist und wir uns jetzt etwas besser kennenlernen sollten, wie Du richtig feststellst, will ich Dich in das Geheimnis meines Vornamens einweihen.
Wie mir mein ehemaliger ehrwürdiger Lehrmeister

Simba, Gott habe ihn selig, einst in vertraulichem Gespräch mitteilte, waren meine Eltern echte bayrische Patrioten und glühende Verehrer vom Prinzregenten Luitpold, dessen Regentenjahre zu einem goldenen Zeitalter Bayerns verklärt wurden. Dieser volkstümliche Herrscher, der für Natur, Wald und Berge schwärmte und der häufig seinem leidenschaftlichem Hobby, der Jagd, frönte, hatte es meinen Eltern angetan.

Mein Vater, ebenfalls ein passionierter Jäger, verehrte ihn, weil Luitpold an seinem Geburtstag jedem bayrischen Kind nicht nur einen schulfreien Tag spendete, sondern auch eine Semmel mit Wurst und Kindern ab dem dritten Schuljahr sogar einen Schoppen Bier.

Meine Mutter war ebenfalls in den beliebten Regenten vernarrt, weil er 1903 das Frauenstudium in Bayern eingeführt hat.

Ein Theater und eine Straße in München sind nach ihm benannt worden, ebenso wie die Lieblingsspeise meiner Mutter, die Prinzregententorte. Du kennst doch sicherlich dieses köstliche Backwerk aus der Konditorei, das für München eine ähnliche Bedeutung hat wie die Sachertorte für Wien?

So waren sich meine Erzeuger sehr bald einig, dass ein männlicher Nachkomme den Namen Luitpold erhalten sollte. Als sie dann noch im Ratgeber für Löwennamen lasen, dass Luitpold die Bedeutung der Kühne oder Mutige aus dem Volk hatte, war der Kuchen gegessen.

Der Einwand meiner Tante Leopoldine, dass Leopold die schönere Form sei, führte zu einem schweren Fa-

milienstreit mit heftigen Tatzenschlägen und Kratz-
wunden. Nach einem Waffenstillstand kam es zu dem
Agreement, dass man mich mit der Kurzform Poldi
bezeichnen würde, womit beiden Parteien gedient
wurde.

Ja, liebes Berliner Pelztier, so kam ich zu meinem
Namen und bin damit ein waschechter Bavarian lion.
Leider muss ich meinen standesgemäßen Namen edler
Herkunft heute mit so seltsamen Wesen wie dem
zweibeinigen Schienbeinkicker Podolski teilen. Aber
dann gibt es auch wieder einen zweibeinigen Prinzen
von Bayern, der seinen Namen mit mir teilt.

Ich bin wirklich stolz auf die Namensgebung meiner
Eltern, denn auch mein Name besteht wie Deiner aus
zwei Silben mit einem hellen Vokal am Ende.

PvB

Topsecret!!! Bleibt ebenfalls unter uns, buddy!

Von: **Ferdi**
An: **Poldi**
Betreff: Der Testesser

Hallo mein bayrischer Kumpel,
ich höre gar nichts mehr von Dir. Bist Du im Schnee
stecken geblieben?
Heute möchte ich Dir eine Geschichte von meinem
Frauchen erzählen, da wirst Du nur staunen.
Über meinen Dosenmampf will ich mich insgesamt
nicht beschweren, der ist schon ganz okay. Doch in
den letzten beiden Wochen war er eine Zumutung und
das hat folgenden Hintergrund:
Mein alter Kumpel Alois, der Katergott habe ihn selig,
hat mir erzählt, dass mein Frauchen viele Ratgeber
gelesen hat, als er und seine früh verstorbene Schwester Lucy, die Katzengöttin habe sie selig, in den Haushalt kamen.
So hat mein Frauchen in den schlauen Büchern gelesen, man solle uns immer Dosenmampf der unter-
schiedlichsten Marken zu Fressen geben, damit wir
keine Futtersorten-Präferenzen entwickeln.
Was für ein Blödsinn!
Das kann sich nur ein Zweibeiner ausdenken. Futtersorten-Präferenzen in Dosenform?
Ein kleiner Vogel- oder Mäusesnack, das sind meine
Präferenzen.
Aber die Geschichte geht noch weiter. Kürzlich hat
das Frauchen gelesen, dass eine Stiftung Dosentest
herausgefunden habe, die Dosen der Eigenmarke …
(keine Schleichwerbung!) seien überhaupt das Beste

und Gesündeste für mich.

Sogar die zweibeinigen Freundinnen des Frauchens haben ihr von diesem Test berichtet.

Stell Dir das vor, sogenannte zweibeinige Lebensmittelheinis geben vor, meine Geschmacksnerven zu kennen. Aber vielleicht bekommen diese Zweibeiner als Belohnung für das Testergebnis nun lebenslang die Dosen für ihre Stubentiger umsonst. Diese Kumpels tun mir leid.

Als Ergebnis dieses Tests wird mir nun von Zeit zu Zeit im Rahmen des Anti-Futtersorten-Präferenz-Programms diese Pappe vorgesetzt.

Aber Du kannst mir glauben, ich bin jedes Mal hart geblieben. Keinen Bissen habe ich angerührt. Und wenn das Frauchen zuhause ist, maunze ich stundenlang, bis sie mir dann schließlich entnervt etwas anderes hinstellt.

Mein eiserner Wille hat sich aber gelohnt. Heute Abend hat sie mir endlich versprochen, die Dosen nicht mehr zu kaufen. Es sei ja nicht wirtschaftlich, wenn sie zu guter Letzt das Futter immer wegwerfen müsse.

So sehe ich das auch. Der Kauf kleiner Delikatessen, die dann in meinem wohlgeformten Körper gut angelegt werden, ist für das Frauchen eine viel lohnendere Investition.

Und die Moral von der Geschichte: Mit eisernem Willen und Durchsetzungskraft kann man jedes Frauchen erziehen.

Your Berlin Adonis-cat

Ferdi

Von: Poldi
An: Ferdi
Betreff: re. Der Testesser

Hallo mein preußischer Kumpel,
die Tatsache, dass sich Dein Frauchen in schlauen Büchern und bei der Stiftung Dosentest informiert, um Dir die bekömmlichsten und variabelsten Futtersorten anzubieten, ist doch ein Indiz, dass sie sehr um Dein leibliches Wohl und Deinen wohlgeformten Body besorgt ist.
Dagegen sind Deine Präferenzen für gefiederte Sänger und niedliche Nager schon etwas problematisch, auch in meinen Augen.
Wenn allerdings die … Pampe (keine Schleichwerbung!) Deine Geschmacksnerven verletzt, dann finde ich es richtig, wenn Du ihr dies durch Hungerstreik zu verstehen gibst. Bleibe weiterhin hart und maunze, bis sie kapituliert und Dir wieder delikate Happen vorsetzt.
Danke für den Tipp, dass man mit eisernem Willen und Stamina jedes Frauchen erziehen kann. Ich werde mir dies zu Herzen nehmen und gelegentlich auch ausprobieren.
Nun ein Tipp meinerseits: Warum versuchst Du nicht einmal Dein Frauchen zu animieren, ein Buch über Deine Jagdaktivitäten, sonstigen Streiche und Erlebnisse zu verfassen, wie es James Bowen, der englische Straßenmusiker mit seinem Kater Bob gemacht hat. Bowen hatte damit großen Erfolg und hat viele Mäuse damit verdient. Mit dem Buch hat er es sogar auf die

Spiegel-Bestseller-Liste geschafft.

Vielleicht präsentierst Du Deinem Frauchen zur Abwechslung einmal statt Vogelfedern einen Federkiel oder einen Füllfederhalter und lieferst ihr noch ein paar besondere Eskapaden, die sich literarisch lohnend verarbeiten lassen.

Mit kumpelhaften Grüßen

Dein bayrischer Seppel-Löwe

Poldi

Von: **Ferdi**
An: **Poldi**
Betreff: Die Spielzeugmaus

Hallo Poldi,

ich bin es schon wieder. Ich schwöre Dir, noch so ein Ding mit der Ollen und ich schalte den Tierschutz ein. Es sind nur noch vier Tage bis zum Weihnachtsfest und es gibt tatsächlich nur noch Stress mit ihr.

Dieses Jahr war ich endlich aktiv hinsichtlich meiner Wunschliste, Du verstehst mich? Ich dachte, bevor mir die Olle dieses Jahr Plüschmaus Numero 9 schenkt, die mich dann wieder 365 Tage aus ihren graubraunen Plastikaugen reglos anstarrt, gebe ich mal eine Anregung.

Die kleine Feldmaus, sie war so süß mit ihrem zarten plüschigen Fell und so quicklebendig. Immer wieder spielte sie mit mir Fangen. Aber leider, ich fasse es immer noch nicht: Nur zwei Mal konnte ich sie durch die Wohnung schleudern. Dann ein großes Gezeter:

Das gibt es hier nicht!

Mein süßes Spielzeug wird beschlagnahmt und ab-transportiert.

Und das alles vier Tage vor dem Fest.

Da ich nach diesem frustrierenden Erlebnis die Fest-tage wenigstens in einem mir angemessenen Ambiente verbringen will, habe ich mir als neuen Schlafplatz das Sofa auserwählt. Ich habe mich gerade hingelegt, da hallt es schon durch die Wohnung:

Runter vom Sofa!

Ich schlafe, chrrrrrr, chrrrrrrr, chrrrrrrrr….

Ich wiederhole mich ungern! Runter vom Sofa!

Ganz unauffällig öffne ich meine Augen ein wenig. Ein verstohlener Blick nach rechts, ein verstohlener Blick nach links. Hm, da liegt kein anderer Kumpel. Das könnte jetzt eng werden. - Trotzdem, einfach nur die Ruhe bewahren, weiter schlafen.

Zum dritten und letzten Mal, runter vom Sofa! Aber sofort!!

Jetzt hilft nur noch eines:

Om, ich bin ein Stein. Om, ich bin ein zwanzig Kilogramm schwerer Stein.

Om, ich bin ein Stein. Om, ich bin ein zwanzig Kilogramm schwerer Stein.

Om, ich bin ein Stein. Om, ich bin …

Oh je, meinen Körper durchdringt ein Schaudern, ich spüre die eiskalten Winterhände der Ollen unter meinem wohlig warmen Wämpchen. Jetzt werde ich vom Sofa gehoben. Solch eine Aktion nennt man Zwangsräumung, mein lieber Löwenkumpel. Damit kennen sich die Zweibeiner in Kreuzberg aus.

Und das alles vier Tage vor dem Fest.

Nun sitze ich in meinem Katzen-, nein, Katerkörbchen und denke immerzu, dass ich es einfach satthabe. Wo bleibt in diesem Leben die freie Entfaltung meiner Katerpersönlichkeit?

Ich starre in die graubraunen, reglosen Plastikaugen von Plüschmaus Numero 8 und sage zu ihr:

Hey Kumpel, du hast es gut. In vier Tagen bist du frei. Dann besucht mich Plüschmaus Numero 9.

Your very sad Berlin cat

Ferdi

Von: **Poldi**
An: **Ferdi**
Betreff: Das Weihnachtsgeschenk

Hallo Ferdi, mein lieber Stubentiger,
nenne sie doch bitte noch öfter Tierquälerin oder Olle,
dann wird sie höchstwahrscheinlich ihre Streicheleinheiten für Dich reduzieren und dann bleiben vielleicht
mehr für mich übrig.
Aber wenn Du Hilfe vom Tierschutzverein benötigst,
kann ich Dir die Adresse mailen.
Damit Du nicht mehr länger so traurig bist, schenke
ich Dir zu Weihnachten einen Kalender mit Bildern
Deiner Artgenossinnen, sozusagen eine Art Pirellika-
lender für Kater. Des Weiteren bekommst Du einen
Jahresplaner, in dem Du der Ollen die Termine Deiner
Fütterungs- und Streicheleinheiten eintragen kannst.
Lieber Pelztierkumpel, ich wünsche Dir ein fröhliches
und besinnliches Weihnachtsfest mit Leber-
Festtagsschmaus und ein brillantes neues Jahr mit
vielen erfolgreichen Jagderlebnissen, deren Trophäen
Du Deiner Ollen wieder stolz präsentieren kannst.
Mit herzlichen felinen und weihnachtlichen Grüßen
Dein Artverwandter
Poldi

Von: **Ferdi**
An: **Poldi**
Betreff: Der Silvesterkater

Hallo an meinen Kumpel in Bayern,
danke für den Kalender mit den Bildern der feschen
Miezen. Da könnte ich ja schwach werden. Aber eigentlich mag ich die süße kleine schwarze Japanerin
Sumi der zweibeinigen Nachbarin. Immer wieder
versuche ich, durch neckische Beißattacken und Verfolgungsjagden ihr Herz zu erobern.
Leider ist Sumis Frauchen darüber nicht erfreut und
schimpft immer mit meinem Frauchen, ich würde ihre
Katze verprügeln. Ach, was versteht diese Zweibeinerin schon vom Katerliebesleben? Ich versuche deshalb
mein Frauchen etwas von den Beschwerden der zweibeinigen Nachbarin zu schützen und besuche meinen
Schatz Sumi nur noch, wenn ihr Frauchen nicht zuhause ist.
Wenn ich nicht bei meinem Schatz bin, assistiere ich
meinem Frauchen gerne bei der Computerarbeit. Warum sie allerdings das Plastikanhängsel an dem Computer Maus nennt, erschließt sich mir nun gar nicht.
Sicher will sie mich damit nur von lebendigen Trophäen ablenken. Aber als geborener Lustmörder falle
ich auf solche Tricks natürlich nicht herein.
Wie Du siehst, Dein Berliner Katerfreund Ferdi hat es
nicht leicht in der Berliner Katzen- und Weiberwirtschaft.
Außerdem ist das heute kein schöner Tag, denn ich
bin ein armer, verängstigter Silvesterkater. Schuld

daran sind auch nicht, wie Du vielleicht denkst, die langen Kreuzberger Nächte. Nein, es sind die Granateneinschläge wie im Bürgerkrieg.

Gestern Morgen um 10 Uhr schlug der erste Knaller im Garten ein. Ich musste mich aus dem Tiefschlaf vom Stuhl unter das Sofa flüchten. Das Frauchen hat mir dann das Schlafzimmer geöffnet, wo ich weich gebettet in den Daunen dem Lärm etwas entfliehen konnte. Ich konnte aber kein Auge zu machen und sogar vor Schrecken und Angst nicht mehr Maunzen. Das Frauchen kam ständig zu mir, um mich zu busseln, in den Arm zu nehmen und mir zu versichern, mir würde hier in der Wohnung nichts passieren und sie sei die ganze Zeit bei mir. Leicht gesagt. Mir ging wirklich die Pumpe, glaube mir das.

Natürlich sagte sie auch, der Zugang zum Schlafzimmer heute tagsüber sei eine Ausnahme. Sonst bleibt die Tür am Tag zu. Sie möchte keine Mäuse und toten Vögel im Schlafzimmer finden. Na ja, was das anbetrifft, ist sie etwas seltsam drauf.

Gegen 22 Uhr wurde es unerträglich. Ich flüchtete in den Keller und bin unter einem Schrank in Deckung gegangen. Davor stand ein großer Sack mit Katzenstreu. Die Streu muss sonst auch so manche Granate aufnehmen, sodass der Sack ein zuverlässiges Bollwerk war. So fühlte ich mich wenigstens sicher, sollten doch noch irgendwelche Angreifer die Wohnung stürmen. Erst lange nach Mitternacht habe ich es wieder gewagt nach oben in die Wohnung zu gehen.

Dann der Neujahrsmorgen: Ein Blick aus dem Fenster und ich sehe die Arktis. Bin ich Knut, der Eisbär? Es war eiskalt.

Das Frauchen hat mir auch bei dieser Kälte gute Dienste geleistet. Während ich sonst nachts nur am Fußende ihrer Bettdecke schlafe, habe ich mich an diesen kalten Tagen so richtig bei ihr eingekuschelt. Ja, ich habe ein liebevolles und süßes Frauchen und das Leben als Kater bei ihr bietet viele Annehmlichkeiten.

In diesem Sinne wünsche ich Dir ein wunderschönes neues Jahr.

Mit einem ganz zarten Miau

Dein Stubentiger

Ferdi

Von: **Poldi**
An: **Ferdi**
Betreff: Neujahrsgruß

Lieber Katzenkumpel,

auch in München müsstest Du Dir einen Tunnel durch die Schneemassen graben.

Gott sei Dank ist das blöde Silvester mit der Knallerei vorbei. Ich hoffe, lieber Ferdi, dass Du wieder maunzen kannst.

Ich finde es auch ganz toll, dass Dein Frauchen sich so viele Gedanken um Dich macht. Sie hat schon ein gutes Herz und eine tierliebende Ader und Du darfst sie nie wieder Tierquälerin nennen. Falls Du wieder einmal Angst hast und fürchtest, dass irgendwelche Angreifer die Wohnung stürmen, würde ich Dir raten, Dich zu bewaffnen. In vielen Waffenshops gibt es günstige Offerten.

Du könntest Dich stattdessen aber auch von Deinem Frauchen in die Arme schließen lassen. Das würde Dir Schutz bieten und Deine Ängste minimieren.

Lieber Stubentiger ich wünsche Dir alles erdenklich Gute im neuen Jahr.

Dein Artverwandter

Poldi

Von: **Ferdi**
An: **Poldi**
Betreff: Der kleine rechteckige Guckkasten

Hallo mein bayrischer Löwenkumpel,
danke für Deine tröstende und hilfreiche Mail. Ich bin
schon zufrieden, dass die Knallerei beendet ist.
Heute erzähle ich Dir von einem neuen Gerät in unserem Haus, das mir nun schon seit einiger Zeit Kopf-
zerbrechen bereitet. Das Frauchen besitzt seit Neues-
tem so einen kleinen rechteckigen Guckkasten, an
dem sie laufend herumfummelt. So ganz habe ich das
noch nicht verstanden. Denn immer wenn ich auf dem
Tisch bei ihr sitze, piepst dieser Guckkasten wie ein
Vögelchen. Und, es ist mir schon peinlich das zuge-
ben zu müssen, ich falle immer wieder darauf herein
und denke wirklich, es sei ein Piepmatz. Erst wenn ich
dann mit dem Pfötchen anfasse und das Teil etwas hin
und her bewege, stelle ich voller Ekel fest, dass es nur
so ein kleiner rechteckiger Metallkasten ist. Aber
durch das Piepsen soll ich wohl glauben, es sei ein
warmes, pulsierendes Federtier.
Nur was soll das? Ich denke ständig über dieses Gerät
nach und mir kommt ein böser Verdacht. Ich glaube,
dieser kleine rechteckige Guckkasten ist in Wirklichkeit ein **K**ater-**G**ehirn**w**äsche-**A**utomat, kurz ein
KGWA. Denn es ist eine nicht zu verleugnende Tatsache, dass ich kleines Katerchen nicht nur von einem
Duo zweibeiniger Gartenaufseherinnen, sondern auch
im öffentlichen Leben ständig als Bedrohung für die
Vogelwelt verunglimpft werde:

Killerkatze, Lustmörder, millionenfacher Singvögel-Meuchelmörder.

Das sind die reizenden Schimpfworte, mit denen ich, das sanftmütige Pelztierchen, heutzutage leben muss. Und diesen Zweibeinern traue ich alles zu.

Die Erfindung eines solchen Kater-Gehirnwäsche-Automaten ist doch technisch für sie heutzutage ein Leichtes. Und die Anwendung? Einfach nur perfide!

Piep! sagt der KGWA.

Hmm, leckeres Vögelchen! denkst Du als kleines vertrauensseliges Katerchen.

Piep! sagt der KGWA.

Du, das gutmütige kleine Katerchen, wendest Dich nun dem kleinen Piepmatz zu und dann: Boaaaah, Ekelfaktor hoch zehn. Das vermeintliche Vögelchen ist ein kleiner rechteckiger Metallkasten.

Stell es Dir nun vor, mein Löwenkumpel, der KGWA macht das jede Stunde, Tag für Tag, Woche für Woche, immerfort mit Dir:

Piep! Piep! Piep! - Ich piepe, also bin ich Piepmatz!

Irgendwann ist der KGWA erfolgreich. Denn der piepsende kleine rechteckige Guckkasten hat das langmütige sanfte Katerchen weich gekocht. Das Katerchen hat das Interesse an den Vögelchen verloren.

Die Zweibeiner jubilieren, sie haben ihr Ziel erreicht, das Kater-Umerziehungsprogramm war erfolgreich.

Aber, mein lieber Poldi: Ich wäre ja nicht Dein cleveres Kreuzberger Undercat, wenn ich solch subversive Methoden nicht gleich von Anfang an durchschauen würde. Deshalb habe ich in meinem Köpfchen zwei künstliche Schaltknöpfe eingerichtet:

Schalter Nummer 1: Piep! Piep! in der Wohnung – I dislike it!
Schalter Nummer 2: Piep! Piep! im Garten – I like it!
Und daraufhin mache ich nun einen Gartenspaziergang. Denn ich bin ein Freiheit liebendes Kreuzberger Katerchen und es wird ja wohl noch möglich sein, dass ich in diesem toleranten Stadtteil meinem Hobby nachgehen kann. Die Vogelkunde ist mir nun mal ans Herz gewachsen.
Your Crossmountain birdlover
Ferdi

Von: Poldi
An: Ferdi
Betreff: Der Murmeltiergruß

Mein miauender Pelztierkumpel,
nachdem heute der Tag des Murmeltiers ist, wie ich gerade im Radio vernommen habe, und es das geflügelte Wort „Täglich grüßt das Murmeltier" gibt, hier ein kurzer Gruß.
Ich frage mich, warum es noch nicht einen Tag für uns Katzen gibt? Oder gibt es das bereits? Ist Dir so etwas bekannt?
So ein Tag würde auf die Lebensbedingungen und die Bedürfnisse der Katzen sowie auf Missstände aufmerksam machen und die Zweibeiner somit sensibilisieren.
Du könntest den Tag zum Anlass nehmen, Dein Image zu verbessern, in dem Du Deine Gartennachbarinnen

freundlich anmaunzt und Dich von ihnen streicheln lässt. Außerdem könntest Du andere Katzen fragen, ob auch sie Probleme mit diesem von Dir so genannten kleinen rechteckigen Guckkasten haben. Denn bei mir im schönen Bayernland sehe ich auch immer mehr Zweibeiner, die ständig auf so ein Teil starren oder daran herumfummeln.

Vielleicht sollten wir mal Pep, den angeblich klügsten und gebildetsten Kater Deutschlands fragen. Pep lebt an der Uni Regensburg, sitzt dort vor PC-Bildschirmen und schleicht durch die Bücherregale der Universitätsbibliothek. Er kann uns sicher Auskunft geben.

Lieber Ferdi, in zwei Tagen bekommt Dein Frauchen Besuch. Dann musst Du ihre Streicheleinheiten mit dem Besucher teilen. Ich hoffe, dass Dich das nicht zu einer BeKaGeDiTeiVoStrE-Demo (Berliner Katzen gegen die Teilung von Streicheleinheiten) animiert und Du dies tolerierst.

Verschlafene Murmeltiergrüße von Deiner Bigcat
Poldi

Von: **Ferdi**
An: **Poldi**
Betreff: Der Besucheransturm

Hallo mein Löwenkumpel,
die Story vom Murmeltiertag in den USA habe ich
auch gehört. Das arme Vieh wird aus seinem Bau ge-
zogen und ins Licht gehalten. Wenn das Tier seinen
Schatten nicht sieht, bedeutet das, der Tradition fol-
gend ein nahes Ende des Winters. Sieht das Tier seinen Schatten, wird noch sechs Wochen Winter sein.
Die Vorhersage soll in der Vergangenheit aber nur
selten richtig gewesen sein. Diese Amis! Bei uns kann
der Frosch wenigstens selbstbestimmt in seinem Ein-
machglas die kleine Leiter hinauf- oder hinuntersteig-
gen!
Mein Löwenkumpel, Du fragst mich nach einem Katzentag? Das Anliegen eines besonderen Katzentages
ist es, das Bewusstsein für die Bedürfnisse der Katze
zu schärfen.
Also zunächst stelle ich fest, bei mir ist jeder Tag ein
Katzentag, an 365 Tagen im Jahr, in Schaltjahren an
366 Tagen. Das Bewusstsein meiner Zweibeiner habe
ich ab dem ersten Tag meines Aufenthaltes in ihrem
Haushalt geschärft. Dafür brauche ich keinen besonderen Tag. Falls Du auf so einen Tag angewiesen bist,
musst Du noch etwas warten. Er findet erst am 08.
August statt.
Deine Ankündigung, dass hier Besuch kommt, und
dass ich dann die Streicheleinheiten meines Frauchens
teilen müsse, sind nicht sehr erfreulich.

Allerdings war am Wochenende schon eine zweibeinige Mutter mit zweibeiniger Tochter zu Besuch. Da gab es auch schon so seltsame Andeutungen. Die zweibeinige Mutter sagte gleich am Freitagabend nach der Ankunft zu mir:

Hallo Ferdi, keine Gefahr! Wir sind nur zwei Frauen.

Die zweibeinige Mutter hat sich auch über mein Buffet in den Fenstern lustig gemacht. Nass- und Trockenfutter, Katzenmilch, Wasser und die grüne Pflanze. Ich sei zu verwöhnt, dabei ist das nur die Grundausstattung zum Überleben.

Die beiden zweibeinigen Besucherinnen haben mich aber als den Chef akzeptiert. Beim Frühstück haben sie es nicht gewagt, den kleinen Sessel, den ich derzeit als ständigen Liegeplatz nutze, für sich als Sitzplatz zu beanspruchen. Außerdem hat mir die zweibeinige Mutter am Sonntagmorgen einen sehr ansprechenden Frühstücksteller angerichtet:

Canapé vom Kochschinken am Grashalm.

Sehr liebevolle Gäste!

Seltsam war die Verabschiedung:

Tschüss Ferdi! Das war jetzt die Generalprobe. In ein paar Tagen wird es noch schlimmer für Dich! Zum Glück weißt Du das noch nicht!

So langsam bekomme ich aber den Durchblick! Deine Nachricht bedeutet ja, dass bald schon wieder einer anreist. Das ist echt die Härte.

Solltest Du diesen Typen kennen, muss wohl ein zweibeiniger bayrischer Seppel sein, kannst Du ihm schon ein paar einfache Regeln für das preußische Katerreich mit auf den Weg geben. Es gibt hier eine

Rangordnung:

1. Ferdi
2. Ferdi
3. Ferdi
4. Das Frauchen

Wenn der zweibeinige Seppel sich so gut führt wie die beiden zweibeinigen Besucherinnen vom Wochenende, schaue ich mir das vielleicht wohlwollend an. Aber nur zeitlich begrenzt, denn mein Frauchen gehört nur mir, nur mir allein.
Your Prussian cat
Ferdi

Von: Poldi
An: Ferdi
Betreff: Gruß an den Kuschelkater

Hallo, mein Pelztierkumpel,
ich hoffe, dass Du Deinen Besucheransturm gut überstanden hast und Du nicht auf Streicheleinheiten Deines Frauchens verzichten musstest.
Falls doch, kannst Du heute alles nachholen. Denn, lieber Ferdi, weißt Du, dass heute in Amerika der National Hugging Day, der nationale Tag der Umarmung, des Kuschelns und des Knuddelns ist? Gerne würde ich heute mit Deinem Frauchen und Dir dieser Aufforderung nachkommen. Aber was nicht ist, kann ja noch nachgeholt werden.

Übrigens macht Kuscheln nicht nur glücklich und entspannt, es ist auch nach wissenschaftlichen Fakten gesund. Beim Knuddeln schüttet der Körper die Glückshormone Dopamin und Oxytocin aus, die unser Wohlbefinden fördern und unsere Leistungsbereitschaft steigern. Berührung hilft auch gegen Stress und Umarmungen gelten als eines der besten Anti-Stressmittel. Amerikanische Forscher haben auch herausgefunden, dass je mehr Umarmungen jemand bekommt, umso besser er vor Infekten geschützt ist.

Lieber Stubentiger, es heißt ja manchmal, dass Männern das Kuscheln unangenehm wäre. Bei mir trifft das überhaupt nicht zu. Im Gegenteil, ich bin ein begeistertes Kuscheltier.

Welche positive Folgen Kuscheln bewirken kann, habe ich auch in einem Zeitungsartikel gelesen: Eine Mutter konnte ihr Baby durch Umarmungen aus dem Koma erwecken.

Also, lieber Ferdi, all dies deutet darauf hin, dass wir die Kuschelkultur pflegen sollten. Es gibt ja inzwischen sogar sogenannte Kuschelpartys und mancher Kindergarten hat einen Kuschelraum für die Kinder.

Kuschelige Grüße vom bayrischen Knuddellöwen
Poldi

Von: **Ferdi**
An: **Poldi**
Betreff: Die politische Lage in Kreuzberg

Hello, my Bavarian hugging lion
oder auf kreuzbergerisch, hi, mein Knuddellöwe!
Ich verspreche Dir, ich tue mein Bestes. Wann immer
das Frauchen zuhause ist, bin ich in ihrer Nähe und
lasse mich streicheln und knuddeln. Sie ist auch immer ganz glücklich, wenn ich zufrieden schnurre.
Doch nun zu einem ganz ernsten Thema. Eigentlich
interessiert mich die Politik nicht. Letzte Woche aber
gab es in dem kleinen rechteckigen Guckkasten eine
Meldung, die mir große Sorgen bereitet. Die obersten
zweibeinigen Politiker in Berlin haben beschlossen,
dass ab April in Kreuzberg im Görlitzer Park sowie in
anderen festgelegten Gebieten eine Null-Toleranz-
Zone eingeführt werden soll. Bislang darf man bis zu
15 Gramm Gras im Besitz haben, das gilt als Eigen-
bedarf und ist straffrei. Null-Toleranz bedeutet jegli-
cher Besitz von Gras in diesen Zonen ist dann verbo-
ten. Damit wollen sie den Drogenhandel eindämmen.
Ich mache mir jetzt ständig Gedanken. Als echter
Kreuzberger Kater bin ich natürlich voll auf Gras.
Vom Frühjahr bis Herbst besorge ich mir den Stoff
direkt aus dem Garten vor dem Haus. Im Winter kauft
mir mein treu sorgendes Frauchen eine kleine Pflanze,
die direkt im Fenster steht. Viel Licht und natürlich
auch Wasser sind für den erfolgreichen Anbau wichtig.
Und nun diese neue Regelung. Wie werde ich klar-
kommen, wenn es hier kein Gras mehr gibt? Muss ich

mir Sorgen machen?

Aber ich warte erst mal ab. Hier in der Stadt werden immer viele Sachen angekündigt und letztendlich werden sie doch nicht umgesetzt.

Und dann der Begriff Null-Toleranz-Zone, den kenne ich, seit ich hier in Kreuzberg lebe. Da haben sich die zweibeinigen Politiker bestimmt von dem Duo der zweibeinigen Gartenaufseherinnen beraten lassen. Du sollst nämlich wissen, dass ich ab dem Frühjahr immer Großeinsatz im Garten habe. Ich betätige mich dann aus tiefstem Herzen als Vogelkundler. Ein Stressjob! Ich muss die zahlreichen Vogelnester überwachen. Es kann vorkommen, dass so ein kleiner Nesthocker herauspurzelt. Da muss ich natürlich als Retter sofort zur Stelle sein. Und wenn die kleinen Racker flügge werden, möchte ich immer so gerne meinen Traumberuf als Fluglehrer ausüben.

Nein! hallt es dann durch den Garten: Null-Toleranz-Zone für Kater. Ich werde als Bedrohung für die Singvogelwelt diskriminiert und mein Frauchen muss mir dann Stubenarrest verordnen. Dabei möchte ich doch nur meinem Hobby, der Vogelkunde nachgehen. Das müsste diesen zweibeinigen Kreuzbergern doch eigentlich gefallen.

Du siehst, mein Kumpel, das Leben in Crossmountain ist schon schwer. Zumal jetzt auch noch die Politik in den Hinterhof Einzug hält.

Darauf erst mal einen Grashalm, oder zwei?

Your totally stoned Kitty

Nee, nicht Kitty, das ist ein Weib.

Neuer Versuch:

Your totally stoned KitKat
Nee, das geht ja auch nicht, das ist ein Schokoriegel.
Ach, mein Löwe, das Gras, es wirkt, ich schwebe....
I am so stoned.

Von: Poldi
An: Ferdi
Betreff: re. Die politische Lage in Kreuzberg

Lieber Ferdi,
heute meine Nachricht zu Deinem Kummer mit der
Null-Toleranz für den Besitz und Verzehr von Gras.
Diese Geschichte ist wirklich wieder eine der
Schnapsideen unserer zweibeinigen Politiker. Dabei
lassen sich doch in ihren Reihen zahlreiche Beispiele
von Typen finden, die schwer addicted sind: Cannabis,
Nikotin, Alkohol, LSD, Crystal Meth und vieles mehr.
Lieber Ferdi, ich schlage vor, wir gründen eine Anti-
Null-Toleranzida-Bewegung mit dem neuen Slogan
„Legalize it" und hoffen auf starken Zulauf unserer
Kumpel. Wenn das nichts nützt und die Politik stur
bleibt, dann bleibt Dir nichts anderes übrig als dieses
intolerante Crossmountain zu verlassen und zu mir in
das grasophile Bayernland zu ziehen.
Your Bavarian lion
Poldi

Von: Ferdi
An: Poldi
Betreff: Der Gras-Junkie

Hallo, mein bayrischer Löwe,
vielen Dank für Deine Mail. Vor allem Dankeschön für die Feststellung, dass es auch zahlreiche zweibeinige Politiker gibt, die von diversen Stöffchen abhängig sind. Das stimmt mich hinsichtlich der politischen Lösung in Crossmountain zuversichtlich. Als Gründer einer Bewegung „Legalize it" bin ich auch sofort dabei. Wir Pelztierkumpels müssen zusammenhalten.
Denn das Gras und die Null-Toleranz-Zone führen zu immer neuen Merkwürdigkeiten. Ich frage mich zwischenzeitlich tatsächlich, ob das, was ich lese, nur der Grastrip ist oder doch die politische Realität in Kreuzberg.
In dem kleinen rechteckigen Guckkasten steht, die Experten, also die zweibeinigen Grünen, sagen, die Null-Toleranz-Zone würde die Probleme des Drogenhandels nicht lösen, sondern nur ein Junkie-Jogging bewirken. Was ist das denn nun wieder?
Junkie ist schon klar. Das bin ich. Nämlich ein Gras-Junkie, da ich ohne den Stoff nicht mehr leben kann. Spätestens im Herbst, wenn ich im Garten kein frisches Gras mehr vorfinde und dann in der Wohnung anfange zu röcheln und vergeblich zu würgen, kriegt es mein Frauchen mit der Angst zu tun. Sie rennt sofort in den nächsten Gras-Shop und kauft mir meine Pflanze. Nach der Verkostung der ersten Halme geht es mit meiner Stimmung und mit meinem Magenin-

halt wieder bergauf oder besser bergab direkt aufs Parkett oder gar auf den Teppich.

Jogging ist auch klar. Das macht mein Frauchen. Sie zieht sich dazu spezielle Klamotten und Turnschuhe an, macht ein paar Verrenkungen und sagt zu mir, sie gehe jetzt in die Hasenheide. Dort gibt es genau so viel Gras wie im Görlitzer Park, wo sie jetzt die Null-Toleranz-Zone einrichten wollen.

Ich verstehe es trotz allem noch nicht. Junkie bedeutet Drogen und Gras, und das ist negativ besetzt; Jogging, das ist Sport und Gesundheit, und das ist positiv besetzt.

Ich recherchiere weiter und werde das jetzt guckeln. Da staunst Du, Kumpel? Ja, so langsam kriege ich den Durchblick mit dem ganzen Technik-Kram. Der kleine rechteckige Guckkasten verdankt nämlich seinen Namen der Funktion, dass man damit guckeln, das heißt, nach allem suchen kann, was man nicht weiß.

www.guckel.de – Suche: Junkie-Jogging

Schau an! Die Vicky Peter, die sonst auf alles eine Antwort weiß, schreibt mir:

Zu Deiner Suchanfrage wurden keine Ergebnisse gefunden.

Aber da, eine Zeitung, dahinter soll immer ein kluger Kopf eines Zweibeiners stecken. Mal schauen, was der schreibt:

Junkie Jogging heißt in der Szene die Taktik, die Junkies von ihren angestammten Plätzen zu vertreiben. Doch dann suchen sie sich eben neue Orte.

Ich verstehe es so langsam; das heißt also, wenn die hier die Null-Toleranz-Zone einführen, muss ich zu einem neuen Ort joggen, um an den Stoff zu kommen? Jogging for grass? Nee, mein Lieber!!

Darauf erst mal einen Grashalm oder auch zwei.

Ich träume ... Es ist Frühjahr ... Ich liege im Garten inmitten der frischen, saftigen Halme ... Die Sonne scheint wohlig warm auf mein Wämpchen ... Die Vöglein tirilieren ... Die Mäuschen tanzen Ringelreihen ...

… Und was war da los im Winter in Crossmountain mit Tolle-Tanz-Zone und Junking-Joggies? Forget it!

My beloved Bavarian greatcat, I am stoned, I am soooo totally stoned, I am sooooo ...

Von: Poldi
An: Ferdi
Betreff: Bildungstipps für meinen guckelsüchtigen Kumpel

Lieber Ferdi, mein Pelztierkumpel,

es freut mich sehr, dass Du so wissbegierig bist und Deine Wissenslücken durch Recherchen im kleinen rechteckigen Guckkasten zu füllen suchst. Ein solches Verhalten hätte sich mein Herrchen oft von seinen gelegentlich höchst apathischen und gelangweilten Schülern gewünscht.

Leider weiß aber die Vicky Peter auch nicht immer Bescheid, wie ich ebenfalls schon mehrfach zu meinem Bedauern feststellen musste.

Aber gestern hat sie mir die Fratzebock-Seite von einem smarten und höchst cleveren Genossen unserer

Art, namens Pep verraten. Er ist auch sehr stark um Bildung bemüht und sinniert vor PC-Bildschirmen, um wie Du den Durchblick über den ganzen Technik-Kram zu gewinnen.

Er hat sich von seinem Frauchen jetzt sogar eine eigene Fratzebock-Seite einrichten lassen, die Pep Tracking heißt und ihr immer genau anzeigt, wo er sich herumtreibt. Beim Rumstromern ist er seinem Frauchen auch einmal in die Regensburger Uni gefolgt und hat dort herausgefunden, dass sich in dieser Lokalität diverse Möglichkeiten zur Weiterbildung bieten.

Glaube mir, in so einem Weisheitsbunker ergeben sich ungeahnte Möglichkeiten.

Die Verwaltungsbeamten der Unibibliothek waren von Peps Verhalten dermaßen beeindruckt, dass sie ihm ganz unbürokratisch einen Bibliotheksausweis ausstellten und ihm sogar Literaturempfehlungen an die Pfoten legten.

Eine besonders effiziente Weise sich fortzubilden ist, sich in Vorlesungen unserer zweibeinigen Gelehrten zu schleichen, die aber sehr stressig und ermüdend sein können und erst wieder nach einem Powernap in einem Studentensessel zu ertragen sind.

Lieber Stubentiger, wie Du an Peps Verhalten siehst, empfiehlt es sich, einmal die heimatlichen Gefilde von Crossmountain zu verlassen und sich nach einem Weisheitsbunker in Deiner Umgebung umzuschauen, es muss ja nicht gerade die Humboldt Universität sein.

Ein solches Jogging zu einer Bildungseinrichtung würde Dir auch die Null-Toleranz-Zone am Hintern vorbeigehen lassen.

Lieber Ferdi, ich hoffe, Du nimmst Dir Pep zum Vorbild und beherzigst meine Empfehlung.
Dear Ferdi, I run my paw lovingly through your pelt head.
Your Bavarian greatcat
Poldi

Von: **Ferdi**
An: **Poldi**
Betreff: Das Trampeltier

Hallo, lieber Löwenkumpel,
mein Leben wird immer gefährlicher. Jetzt muss ich
schon in den eigenen vier Wänden vor einem Trampeltier auf der Hut sein. Es hat zwei Beine und hört
auf den Namen Frauchen oder Olle.
Offensichtlich blind läuft sie durch die Bude in die
Küche. In der Hand hält sie meinen Wassernapf und
die Pflanze. Du weißt, was ich meine. Sie schaut dabei
nicht nach unten.
Das wäre aber nicht schlecht, denn ich könnte vielleicht voranschreiten oder beabsichtigen ihren Weg zu
kreuzen.
Und schon ist es passiert. Sie tritt mir voll mit ihrem
Winterstraßenschuh auf die linke Vorderpfote. Ich
schreie jämmerlich. Dadurch erschreckt sie sich so
sehr, dass sie auch noch den Wassernapf über mir
verschüttet. Ein Albtraum im Wachzustand.
Mir schmerzgeplagtem und bedauernswertem Pelztier
bleibt nur die Flucht in den Keller.
Nach einem kurzen Aufenthalt im Untergeschoss,
denn diese Behausung ist mir ja total unwürdig, lasse
ich mich von ihren Entschuldigungen, Liebkosungen
und Leckerlis wieder versöhnen.
Aber vielleicht kannst Du ihr mitteilen, dass sie einfach nur die Augen aufmachen und sich nicht wie ein
Trampeltier aufführen soll.
Dein Ferdi

Von: **Poldi**
An: **Ferdi**
Betreff: re. Das Trampeltier

Hallo, mein leidgeprüfter Stubentiger,
ich finde es nicht so toll, wenn Du Dein Frauchen als
Trampeltier bezeichnest. Erstens ist sie Dir sicher
nicht absichtlich, sondern rein versehentlich auf Dein
Vorderpfötchen getreten. Zweitens versteht man unter
einem Trampeltier ein zweihöckriges Kamel.
Aber Dein Frauchen kann sich trösten, auch ich wurde
leider schon mehrfach von diversen Tanzpartnerinnen
als ein Vertreter aus der Familie der wiederkäuenden,
hochbeinigen und langhalsigen Paarhufer apostro-
phiert. Dies kam vor, wenn mich meine verstorbene
Gemahlin trotz meines sich widerstrebend sträuben-
den Felles zu dem einen oder anderen Faschingsball
schleppte. Du musst nämlich wissen, dass ich ein aus-
gesprochener Faschingsmuffel und ein sehr eigenwil-
liger Tänzer bin. Immer wenn sich meine Artverwand-
ten auf Karnevalsveranstaltungen herumtrieben, zog
es mich in die Berge auf Skipisten, wo ich über die
verschneiten Hänge schnürte und meine Spuren hin-
terließ.
Was die Wasserdusche anbetrifft, kann ich Dich ja gut
verstehen, denn wir Pelztiere sind ein wenig wasser-
scheu. Aber betrachte die unvorhergesehene Dusche
einfach als Reinigungsbad.
Herzliche Grüße von Deiner mitfühlenden bayrischen
Großkatze
Poldi

Von: **Ferdi**
An: **Poldi**
Betreff: Der neue Job

Hallo mein Löwenkumpel,
mit Erstaunen lese ich über Deine Lieblingsbeschäftigung Skifahren. Du denkst wohl auch, Du musst bei jedem neumodischen Life-Style-Kram dabei sein. Da pflege ich doch lieber meine altbewährten Hobbys Pennen, Mampfen, Jagen, Dösen und als Höhepunkt eines jeden Tages das Grasen.
Um das alles in noch größerem Luxus genießen zu können, starte ich einen neuen Job.
Ich habe nämlich in dem kleinen rechteckigen Guckkasten ein Foto von Kumpels gesehen, das mich auf eine ganz tolle Idee gebracht hat. Die Kumpels arbeiten, Du glaubst es nicht, als Uhr für Zweibeiner.
Dieser Job ist wirklich ganz, ganz easy.
Ein Zweibeiner will die Uhrzeit wissen: Ich lege mich auf den Rücken, rolle mit den Äuglein, pendele mit dem Schwänzchen und zeige mein Wämpchen mit dem Ziffernblatt. Der Zweibeiner ist begeistert und deshalb rollen nun die Euros.
Denn ich erhalte dafür 49,90 Euro; das steht auf dem Schild unter den Kumpels. Wenn ich den Job jeden Tag nur einmal mache, werde ich endlich ein reicher Kater.
Wenn ich reich bin, muss ich natürlich auch vornehm sprechen. Englisch können heute ja alle. Etwas Französisch klingt da schon extravaganter.
Ich übe: Von der verdienten Kohle werde ich mir als

Erstes eine eigene Wolljähre mit ganz vielen Piepmätzen leisten. Dann bin ich endlich diese beiden zweibeinigen Gartenaufseherinnen los und kann denen eine lange Nase zeigen. In die Wolljähre stelle ich einen riesigen Mäusekäfig. Etwas Abwechslung auf dem Speiseplan gönne ich mir. Auf dem gesamten Tärreng baue ich viele Grünpflanzen an. Du weißt, was ich meine.

Ach, welch ein schöner Traum, der Wirklichkeit werden wird:

Ich liege auf meiner Schäslong inmitten dieser wunderbaren Tierchen und Pflänzchen und genieße das Leben.

Das ist mein Ferdi-Paradies.

Denn wie sagte schon dieser Franzose, Wiktor Ügo:

Ein Traum ist unerlässlich, wenn man die Zukunft gestalten will.

Findest Du nicht auch, dass ich mich sehr gewählt und gebildet ausdrücke?

Zur Bewerbung für den neuen Job werde ich mich jetzt vorbereiten:

Das Bewegen von Augen und Schwanz ist ganz easy. Das mache ich jeden Tag, wenn ich nicht gerade penne.

Auf den Bauch lasse ich mir das Ziffernblatt tätowieren. Das ist auch ganz easy. Diese Body-Art ist äußerst gefragt, es gibt dafür überall Studios und diese Körperkunst macht die Miezen auch ganz scharf. Ich denke nur an diesen tätowierten Fußballer, der immer in Unterhöschen Reklame für ... (keine Schleichwerbung!) macht. Den finden die zweibeinigen Miezen auch ganz heiß.

Etwas merkwürdig finde ich nur die Körper der Kumpels auf dem Foto: Die bunten Farben, das fehlende Fell und die Form. Nun ja, eine Erklärung hierfür hätte ich: Die Firma ist aus Amerika. Von dort stammt der ganze neumodische Umbau der Bodies. Die Zweibeiner nennen das in Denglisch Coloring, Shaving und Shaping. Auch hierfür gibt es jede Menge Beauty-Studios in der Stadt.

Darüber muss ich aber noch nachdenken, denn das ist für mich nicht ganz so easy. Mein Körper gehört mir! Das mache ich, so glaube ich, nicht mit.

Ich muss mir die Kumpels auf dem Foto in dem kleinen rechteckigen Guckkasten noch mal genauer anschauen. Einmal Pfötchenwischen und da ist die Vergrößerung:

Mein Gott, die sind ja aus Plastik!

Und jetzt fällt mir etwas ganz Schreckliches ein. In der Stadt wurde vor kurzem ein neues Museum eröffnet, von diesem zweibeinigen Plastiknator. Der stellt in seinem Museum Plastiknate von Menschen und Tieren aus. Die sind aber alle schon tot. Jetzt wird mir alles klar, das Foto ist aus dem Museum! Oh Schreck, ich wäre beinahe darauf hereingefallen.

Das ist jetzt überhaupt nicht mehr easy.

Hilfe, ich werde schnell das Bild löschen, ehe dieser Zweibeiner meine Fährte aufnimmt und mich zum Plastiknat umarbeitet.

Vergesse den Job sofort, mein Löwenkumpel. Es ist ein Albtraum.

So bleibe ich Dein armes, aber lebendes, non-colored,

44

non-shaved and non-shaped all over natural
Ferdi-cat

Von: Poldi
An: Ferdi
Betreff: Extravagantes Französisch, Bodyshaping

Hallo mein Pelztierkumpel,
endlich finde ich Zeit, Dir auf Deine Mail zu antworten. Ich bin mit Dir d'accord, sprich einverstanden, dass Französisch sehr extravagant klingt und man damit in gewissen Kreisen Eindruck schinden kann. Schon der Alte Fritz, übrigens kein Katzenfreund, bemühte sich um das romanische Idiom, um mit dem Philosophen Wolltär parlieren zu können.
In unsere bayrische Sprache sind etliche Romanismen eingeflossen wie Potschamperl (pot de chambre = Nachttopf), Böfflamott (boeuf à la mode = Rinderschmorbraten), Paraplü (parapluie = Regenschirm), Bagasch (bagage = nicht Gepäck, sondern elendes Pack), oide Schäsn (altes Weib), Visage, Spektakel, Trottoir und so fort.
Auch ich habe immer versucht, mich mit diesem Idiom vertraut zu machen und habe am Löwen-Institut Seminare bei Lionel Löw besucht, der mich mit Zungenbrechern wie „Un chasseur sachant chasser, ne chasse jamais sans son chien de chasse" (Ein Jäger, der sich mit Jagen auskennt, jagt niemals ohne seinen Jagdhund) oder „Dido, dit-on, dina du dos d'un dindon d'Inde" (Dido, so sagt man, aß vom Rücken eines

Truthahns aus Indien) belästigt hat.

Ein gängiges Dankeschön ist bei uns Mersi, wie mein Onkel Leon stets sich zu bedanken pflegte.

Du siehst, nicht nur französische Fußballer wie Ribéry und Sagnol haben unser Bayernland bereichert, sondern auch die Langasch (langue = Sprache) unserer Nachbarn.

Lieber Ferdi, Du erwähnst diesen Fußballer, der für Slips posiert und den auch zweibeinige Miezen ganz sexy finden. Es gibt noch einen weiteren tätowierten und gegelten Macho, der sich nun auch schon zu seinen Lebzeiten in seinem Geburtsort Funchal auf Madeira eine Statue hat errichten lassen, wo seine körperlichen Vorzüge gut zur Geltung kommen.

Ich bin froh, dass wir beide nicht so extrovertierte Kumpels sind, dass Du dem Plastiknator nicht auf den Leim gegangen bist und Dir Deinen Body nicht hast verunstalten lassen.

Auch ich bin fest entschlossen, mir meine Mähne nie kolorieren und meinen Body nie mit Tattoos versauen zu lassen. Es gibt genügend Geschöpfe, die shaved und tatooed sind. Oft schreckliche Anblicke, n'est-ce pas, nicht wahr?

Lieber Ferdi, auch ich bleibe Dein armer, lebender non-coloré, non-tatoué et non-modelé tout naturel Poldi-lion

Von: Ferdi
An: Poldi
Betreff: Der Familienzuwachs

Hallo mein Löwenkumpel,
ich habe lange nichts von Dir gehört. Aber bei mir war auch alles ruhig. Ich dachte, mein Leben verläuft in geordneten Bahnen und ich kann mich auf den Frühling freuen.
Doch gestern hat eine zweibeinige Freundin des Frauchens in dem kleinen rechteckigen Guckkasten eine Nachricht gesendet, die mich zuerst erfreute, die sich zuletzt aber als Schreckensnachricht erwies.
Die zweibeinige Freundin, jung verheiratet und mit ihrem Zweibeiner ab und an zu Besuch bei uns, teilt mit, sie habe Familienzuwachs bekommen: Emily, geboren am 22.12.2014.
Ich freue mich, eine kleine Zweibeinerin, wird bestimmt so hübsch wie die zweibeinige Mutti und der Fortbestand der Zweibeiner ist wieder einmal gesichert.
Seltsam sind nur die Kosenamen der frischgebackenen zweibeinigen Mutti für ihren Nachwuchs: Fellnase, Teddy, Eisbärchen. – Da stimmt doch was nicht!
Als das Frauchen abgelenkt ist, nehme ich mir zur Klärung den kleinen rechteckigen Guckkasten vor. Und oh Schreck! Eine weiße Felltöle grinst mich frech an!
Sofort habe ich der zweibeinigen Freundin des Frauchens eine Nachricht gesandt, dass mir keine Felltöle, keine Missgeburt von Hund, auf die Bude kommt,

auch nicht als Besucher.

Mir reichen schon die Besuche der Missgeburten, die die zweibeinigen Freundinnen der einen Gartenaufseherin im Sommer immer hier anschleppen: Mops, Dackel und als Krönung der Chihuaops. Du liest richtig: eine Kreuzung aus Chihuahua und Mops. Der Kopf stammt vom Chihuahua und der Körper vom Mops. Eine Ausgeburt an Hässlichkeit. Sie könnte sicher als Zirkusnummer eine Menge Möpse machen. Nein, nicht was Du denkst, keine Nachkommen. Alles komplett jugendfrei; ich denke dabei an Geld, Kohle!

Und alle diese Missgeburten sind nicht höher wie ein Grashalm, aber sie rennen immer durch den Garten bis vor meine Wohnungsfenster und veranstalten einen Riesenlärm. Ich schaue dann immer mutig und mit strengem Blick durch die Scheibe. Sicher ist sicher!

Einfacher war alles mit dem Labrador, der dauernd hier ansässigen Missgeburt der zweibeinigen Gartenaufseherin.

Den habe ich gleich zu Anfang auf Spur gebracht.

Stelle Dir einfach das Bild vor: Ich sitze als Jungkater still und unbeweglich wie eine Statue vor ihm, natürlich mit einem Meter Sicherheitsabstand! Er bellt sich die Lunge aus seinem Missgeburtsleib und es kommt keinerlei Reaktion von mir.

Nur mein strenger Blick gibt ihm zu verstehen: Einen Zentimeter näher und ich haue Dir mit meinen fiesen Krallen eins über Deine Missgeburtsschnauze.

Das war eine Riesengaudi und es hat gewirkt. Der beachtet mich heute gar nicht mehr. Ich ihn auch nicht, sicher ist sicher!

Du siehst, mein lieber Löwenkumpel, ich bin ständig verfolgt von Missgeburten, nun auch schon im Bekanntenkreis des Frauchens. Und das ist kein Albtraum, es ist wahr.
Aber denen zeige ich die Krallen.
Your Doghunter
Ferdi

Von: Poldi
An: Ferdi
Betreff: Köterplage

Hallo mein Berliner Pelztierkumpel,
leider habe ich lange nichts mehr hören lassen von mir. Ich war sehr beschäftigt in letzter Zeit.
Mit Deinen Bedenken aus Deiner letzten Mail gehe ich völlig konform. Man muss diesem Kötervolk deutlich die fiesen Krallen zeigen und ihnen im Notfall dieselben in die Geiferschnauze hauen.
Berlin und die Köter ist sowieso eine Sache für sich. Das liegt schon an der schieren Menge dieser Umweltverschmutzer. Ich habe neulich gelesen, dass mehr als 100.000 Kläffer in der Hauptstadt leben und täglich fünfzig Tonnen Hundekot hinterlassen. Dies hat dazu geführt, dass jetzt der Justizsenator dem Berliner Senat ein neues Hundegesetz vorgelegt hat, das nächstes Jahr in Kraft treten soll. Es sieht eine generelle Leinenpflicht vor, und jeder, der einen Köter spazieren führt, soll einen Müllbeutel dabei haben. Dann stünde Berlin in einer Reihe mit anderen euro-

päischen Städten wie Wien und München. In Wien werden Hundebesitzer mit dem charmanten Satz „Nimm ein Sackerl für mein Gackerl" aufgefordert, den Kot ihrer kaninen Bestien zu entsorgen. Ich habe auch gelesen, dass es in Berlin seit 2013 sogenannte Bello-Dialoge zwischen Hundehaltern und Hundehassern gibt, die aber meist wie folgt ablaufen: Das ist ein Kinderspielplatz, nehmen sie mal ihren Kampfhund an die Leine! Antwort: Alter, nimm dich selbst an die Leine! Leinenzwang, Tütenpflicht und ein zentrales Hunderegister wären sicher Fortschritte im Kampf gegen die Wuffis. Aber wie lange wird sich das in Berlin wieder hinziehen, lieber Ferdi? Ich glaube, dass wir beide das Zeitliche gesegnet haben, bis die Köter diszipliniert werden.

Der Doghater grüßt den Doghunter.

Poldi

Von: Ferdi
An: Poldi
Betreff: Der Kater Elvis

Guten Morgen mein lieber bayrischer Löwenkumpel,
es ist schön zu lesen, dass auch Du eine Abneigung
gegen diese bellenden, geifernden und Städte ver-
schmutzenden kaninen Bestien hast. Besser ist es gar
keine Gedanken mehr an diese Köter zu verschwen-
den.

Ich berichte Dir viel lieber von unseren felinen Artgenossen. Kennst Du Elvis, den dicksten Kater Deutschlands?

Schaue Dir die Fotos im Internet an, er wiegt 17 Kilo,
kann sich kaum noch bewegen und befindet sich zur
Durchführung einer Diät in einem Tierheim. Die hat
er auch nötig. Mein Gott, ist der Kumpel fett!

Hm, fett darf ich nicht mehr sagen, korrekt heißt das
jetzt wohl katipös. Die Fettleibigkeit nennt man jetzt,
so glaube ich, Katipositas. Ist aber egal, wie vornehm
der Speck nun bezeichnet wird, schlanker wird der
Kumpel Elvis dadurch nicht.

Elvis Frauchen war wohl mit seiner Fresssucht überfordert, deswegen nun die tierärztlich überwachte Diät.

Zum Glück ist mein Frauchen streng in Bezug auf das
Fressen. Sie achtet darauf, dass ich nicht zu viel in
mich hineinschlinge, denn ich soll mich noch bewegen können und als agiler, fitter Kater durch meine
sieben Katerleben gehen.

Ich selbst mache auch sehr viel, um in Shape zu bleiben, wie man neumodisch sagt: Hochsprung, flotte

Spaziergänge, Sprints, Geschicklichkeitsspiele, gesunde Ernährung und zahlreiche Snacks, Wärmebehandlungen, Stretching, Meditation und nicht zu vergessen mein langer, ausgiebiger täglicher und nächtlicher Schönheitsschlaf.

Möge auch Elvis wieder so fit werden.

Und darauf tanzen und singen jetzt alle Vier- und Zweibeiner den Song von Peter Fox: Schüttel deinen Speck.

Your well shaped

Ferdi-cat

Von: Poldi
An: Ferdi
Betreff: re. Der Kater Elvis

Hallo, mein lieber Berliner Stubentiger,

mit großem Interesse habe ich Deine Ausführungen über den Fettwanst Elvis gelesen. Als glühender Elvis-Fan in meiner Jugendzeit empfinde ich es sowieso als eine ungehörige Frechheit und Dreistigkeit von Elvis Frauchen, die wie Du schon richtig bemerkst, mit der Haltung dieser adipösen Kreatur völlig überfordert zu sein scheint, ein Tier nach diesem King of Rock'n Roll und einem meiner Idole zu benennen.

Allerdings muss ich Dich berichtigen, man nennt diese Fettleibigkeit nicht nach der Katze Elvis Katipositas, sondern Adipositas, nach meinem Freund Adi, der mehr als 130 Kilogramm auf die Waage bringt.

Übrigens kenne ich eine noch viel adipösere Katze als

diesen Elvis. Der kolumbianische Künstler Fernando Botero hat ihr sogar eine Statue in Barcelona gewidmet.

Lieber Ferdi, ich habe großen Respekt vor Dir und bewundere Dich, dass Du Dich durch verschiedene Praktiken in Form zu halten versuchst. Mach weiter so. Mein Freund Hartmut hat auch einen Kater, Minni, the Skinny genannt, der sich durch Partnerübungen mit seinem Herrchen in Shape zu halten versucht. Allerdings sollte man das Stretching nicht übertreiben, sonst bekommt man einen Longtail, wie der Kater meines Freundes Elmar.

Lieber Pelztierkumpel, auch ich hoffe, dass Elvis bald wieder so fit wie ein Turnschuh werden wird.

Und jetzt singe und tanze ich mit Dir auf den Song von Peter Fox, denn leider bin ich nicht mehr so well shaped wie Du.

Poldi-Lion.

Von: **Ferdi**
An: **Poldi**
Betreff: Die Rattenfänger von Kreuzberg

Hallo mein bayrischer Löwenkumpel,
ich habe lange nichts von Dir gehört! Du bist sicher
auf Safari und schaust Dir zweibeinige Touristen an.
Ich dagegen betrachte mit Muße das süße kleine Fe-
dervieh im Garten. Das gefällt wiederum den beiden
zweibeinigen Gartenaufseherinnen nicht. Es droht
schon Hausarrest!
Ach, es ist so entsetzlich, ich bin ein leidgeprüfter
Vogelbeobachter.
Aber es kommt noch viel, viel schlimmer. Sie drehen
jetzt ganz durch, diese Zweibeiner.
Stell Dir das vor, ich soll arbeiten: Festgelegt sind
Einsatzort, Arbeitszeit und Fangquote. Und das alles
für Null! Und es ist ein Ekeljob!
Zum Glück habe ich ein liebreizendes Frauchen, das
einfach nur Nein zu allem gesagt hat.
Die Geschichte hierzu geht so: das Frauchen und die
anderen Zweibeiner hier im Haus hatten diese Woche
eine Versammlung, auf der sie immer alles besprechen,
was hier so zu tun ist und dann stimmen sie alle darüber ab. Einige Zweibeiner haben sich beklagt, dass
im Hinterhof regelmäßig Ratten herumlaufen. Sogar
schon drei Exemplare auf einmal wurden gesichtet.
Du kannst es Dir sicher schon denken. Ich soll es nun
richten! Zum Glück erklärte mein Frauchen, es über-
laufe sie ein heftiger Schauder, wenn sie sich nur vor-
stelle, dass ich, ihr Ferdi, ihr zartes und gepflegtes

Kuschelkaterchen, solch eklige Kanalratten jagen solle. Deshalb gab es von ihr ein striktes NEIN. Sie ist wirklich süß. Ich schaue mir dieses Rattenpack auch höchstens durch die Fensterscheibe an.

Aber die Zweibeiner werden es nun richten. Die sind ja so tierlieb hier, Du glaubst es nicht. Sie haben besprochen, wie die Ratten nun gefangen werden sollen. Giftköder scheidet aus. Das wäre schädlich für Kinder, Köter und andere Plagen. Natürlich hier im grünen Kreuzberg auch für die Ratte selbst! Es werden nun Lebendfallen mit einem Leckerli aufgestellt. Sollte sich eine Ratte dort hinein verirren, wird sie von freiwilligen Zweibeinerinnen auf öffentliches Straßenland gebracht. Wie süß!

Wir begleiten nun eine Ratte auf ihrem Weg in die Freiheit.

Die Zweibeinerin:

Hallo mein Schorschilein, jetzt hast du eine Nacht hinter Gittern verbracht. Der große Moment ist gekommen. Ich schenke dir jetzt deine Freiheit wieder. Aber nur unter einer Bedingung! Höre mir gut zu! Du wirst allen deinen Kumpeln unter uns im Kanal erzählen, dass sie bitte beim Abflussrohr Hausnummer 31 nicht mehr abbiegen. Das mögen wir hier nicht. Und nun mach's gut Schorschilein!

Spätestens, wenn sie Schorschilein dem Hundertsten die Freiheit geschenkt haben, kommen vielleicht doch härtere Maßnahmen zum Einsatz. Ich werde Dir berichten.

Your Crossmountain bird 'n' rat watcher

Ferdi

Von: **Poldi**
An: **Ferdi**
Betreff: Neues vom bayrischen Löwen

Hallo Ferdi, mein Pelztierkumpel,
Du hast wahrscheinlich schon geglaubt, dass der ver-
rückte Zahnarzt Walter Palmer aus Minnesota, der
leider meinen berühmten Artgenossen Cecil, der als
der berühmteste Löwe Afrikas galt, auf grausame
Weise gekillt hat, in seiner fanatischen Jagdlust auch
mich erlegt hat. Aber zum Glück lebe ich noch und
lasse endlich wieder von mir hören.
Lieber Pelztierkumpel, Du musst ja in den vergange-
nen Wochen aufgrund Deines Pelzes gehörig ge-
schwitzt oder soll ich lieber sagen, transpiriert haben.
Diese globale Erwärmung wird ja immer schlimmer.
So ein Katzenfell ist etwas Feines, denn es wärmt an
kühlen Tagen. Doch wie ist das, bei Hitze im Pelz-
mantel spazieren zu gehen und zu jagen? Da nützen
doch auch ein schattiges Plätzchen und die kühlen
Steinfliesen im Haus nichts mehr.
Ich habe aber etwas Interessantes zu diesem Thema
gefunden, was ich Dir nicht vorenthalten will. Ich
habe nämlich gelesen, dass Deine Artgenossen sich
bei großer Hitze besonders oft das Fell lecken und
sich so durch den verdunstenden Speichel Kühlung
verschaffen. Katzen verfügen aber auch über
Schweißdrüsen, die sich an der Unterseite der Pfoten
befinden und wenn ihnen zu heiß ist, sondern sie dort
Schweiß ab. Ferner leiten sie über die Ohren über-
schüssige Körperwärme ab. Ja, die felinen Geschöpfe

sind schon clever!

Aber damit Du auf andere Gedanken kommst, habe ich mir erlaubt, mich für Dich in einem Katzen-Dating-Portal umzusehen, wo sich einige ansehnliche Exemplare anbieten. Schau doch einfach mal selbst in solch ein Portal, die sind voll von einsamen Katzen. Vielleicht hast Du Erfolg und eine Mieze maunzt zurück.

Ein feliner Gruß bis zum nächsten Mal, lieber Ferdi. Bleib anständig und brav und befolge die Anweisungen Deines lieben Frauchens.

Dein bayrischer Löwenkumpel

Poldi

Von: Ferdi
An: Poldi
Betreff: Die wilden Berliner Miezen

Lieber bayrischer Löwenkumpel,
danke schön für Deine Mail und den Hinweis auf das
Katzen-Dating-Portal. Ich muss aber nicht in den klei-
nen rechteckigen Guckkasten schauen, denn hier in
Berlin gibt es ganz viele wilde Miezen.
Ich erzähle Dir nun die Geschichte von drei Berliner
Katzen, da wirst auch Du nur staunen.

Berlin Wild Cat No. 1 - Mimi Gloria, Rufname Mimi
Dies ist die Geschichte von Mimi, das ist die Katze
einer zweibeinigen Freundin des Frauchens. Das
Frauchen hat Mimi auf der Geburtstagsfeier der zweibeinigen Freundin kennengelernt.
Alle Zweibeiner sitzen an einer großen Tafel und spei-
sen von dem leckeren Buffet. Plötzlich wird ein Stuhl
frei und schon sitzt Mimi mit an der Tafel. Sie schaut
den neben ihr sitzenden Zweibeiner kess und heraus-
fordernd an:
Gib mir sofort einen kleinen Snack von Deinem Teller!
Du bist schließlich heute nur zu Gast; ich dagegen
habe hier ein Dauerwohnrecht!
Der Zweibeiner fängt in Anbetracht der ihm nun zu
Teil werdenden Aufmerksamkeit der ganzen zweibeinigen Partygesellschaft an zu dozieren:
Wir lernen uns gerade erst kennen, Mimi und ich. Ja,
im Allgemeinen und im Besonderen und überhaupt
und in diesem speziellen Fall, also kurzum, mit sol-

chen Miezen kenne ich mich sehr gut aus. Und deshalb erhält Mimi von mir NICHTS!

Mimi denkt nur:

Wie bitte? Dieser Zweibeiner will mich trotz freundlichster Aufforderung nicht bedienen? Na, der soll mal lernen, was eine selbstbestimmte Katze mit exzellenten Selbstbedienungsfertigkeiten ist!

Und … PATSCH …, schon liegt ihr Pfötchen auf seinem Teller.

Nun ist das Geschrei groß. Der Zweibeiner und Mimis Frauchen sagen ihr, ein solches Benehmen schicke sich gar nicht. Mimi wird vom Stuhl geräumt und in ihren Katzenkorb gesetzt.

Ich möchte nur noch erwähnen, dass Mimi wenige Minuten später versucht das Buffet in der Küche abzuräumen.

Dies ist die Geschichte von Mimi, the Table Queen.

Berlin Wild Cat No. 2 – Lucy

Dies ist die Geschichte von Lucy, die Katzengöttin habe sie selig. Lucy war die Schwester meines verstorbenen Kumpels Alois, der Katergott habe ihn selig. Der Boss, Gott habe ihn selig, hat seine Eltern eingeladen und will ihnen ein exzellentes Fischmenü kredenzen.

Hm, ein exzellentes Fischmenü, denkt sich Lucy, das könnte auch für mich von Interesse sein!

Und … SCHWUPPDIWUPP … hat Lucy eines der in der Küche liegenden noch rohen Fischfilets in ihrem Mäulchen und rennt davon. Ihr folgt mein Kumpel Alois, in einem solchen Fall muss man die Schwester immer unterstützen, und als Zweibeiner der Boss und sein Vater. Es geht kreuz und quer durch die Wohnung. In der Mitte stehen die Mutter des Bosses, sprachlos vor Entsetzen und das Frauchen, sich köstlich amüsierend, dass hier ein echter Katzen-Comic-Film abläuft. Nach einiger Zeit, das Fischfilet konnte von den beiden Zweibeinern gerettet werden, hat auch die Mutter des Bosses ihre Sprache wieder gefunden und äußert gereizt, eine solch schlecht erzogene Katze habe sie ihr ganzes Leben noch nicht gesehen. Das Frauchen erwidert:

Ganz so streng darfst Du das nun nicht sehen. Es war schließlich Dein eigener Sohn, der die Fischfilets unbeaufsichtigt in der Küche hat liegen lassen und so die arme Katze erst in Versuchung geführt hat. Ich meinerseits bin froh, dass das Tier auch nach der Kastration nicht verhaltensgestört ist und weiterhin fröhlich seinem Spiel- und Jagdtrieb nachgeht.

Mir ist nicht bekannt, ob die Zweibeiner das Fischmenü in großer Harmonie verspeisten.

Dies ist die Geschichte von Lucy, the Kitchen Queen.

Berlin Wild Cat No. 3 – Sumi

Dies ist die Geschichte von Sumi, der kleinen süßen schwarzen japanischen Mieze der zweibeinigen Gartennachbarin. Stell Dir vor, Sumis Frauchen geht morgens schlaftrunken in die Dusche und verspürt ein pelziges Gefühl unter der rechten Fußsohle. Merkwürdig, denkt Sumis Frauchen, es ist Frühling; meine gefütterten Winterhausschuhe habe ich doch längst ausgemustert. Dann ein Blick nach unten und ein großer Schreck: Corpus mortem sciurus vulgaris sine caput.

Hört sich gut an, nicht wahr? Hat Prof. Dr. lat. Ferdicus alles von dem Übersetzer aus dem kleinen rechteckigen Guckkasten.

Ja, und kaputt ist das pelzige Ding in der Dusche wirklich. Denn Sumis Frauchen erblickt ein enthauptetes Eichhörnchen!

Wie grausam sie ist, diese kleine Japanerin! Ist vielleicht besser, dass sie mir immer die kalte Schulter zeigt. Sicher ist sicher.

Dies ist die Geschichte von Sumi, the Killerqueen.

Nach diesen meinen Erzählungen über die wilden Berliner Miezen wirst Du hoffentlich feststellen, lieber Löwenkumpel, dass Du solche Geschichten von mir noch nie gehört hast. Nun erkennst Du hoffentlich, welch ein wohlerzogenes, rücksichtsvolles, gesittetes und respektvolles Katerchen ich bin.

Prof. Dr. lat. Ferdicus

Von: Poldi
An: Ferdi
Betreff: Der wilde bayrische Kater

Mein Stubentigerkumpel,
mit großer Freude lese ich, dass mein Kreuzberger Pelztierfreund ein ganz braves Katerchen ist.

Doch mutet es Dir nicht seltsam an, dass ich ausgerechnet heute beim Zeitungslesen einen gehörigen

Schreck bekommen habe, als ich einen Artikel über die gefährliche Aktion eines Katers las. Ich hoffte stark, dass Du das nicht warst. Der Kater war im Motorraum eines Autos gefangen und musste von der Tierrettung nach einem zunächst vermeintlichen Motorschaden mit seinem Vorderpfötchen aus dem Keilriemen befreit werden. Bis auf das verletzte Vorderpfötchen, dem Verlust einiger Haarbüschel und natürlich mit einem riesigen Schrecken ist der Kumpel wohlauf.

Ich habe dann aber realisiert, dass dies ja im Münchner Umland passiert ist und Du in der Berliner Peripherie Kreuzberg Dein Unwesen treibst. Lass Dir diese Geschichte ein warnendes Beispiel sein, was passieren kann, wenn man zu neugierig überall herumschnüffelt.

Aber nachdem Du mir nun schreibst, wie wohlerzogen Du bist, bin ich wieder beruhigt.

Your Munich Lions Club Member
Poldi

Von: Ferdi
An: Poldi
Betreff: Das Oarschkatzl

Hallo mein Löwenkumpel,
Deine Mail über den Kater im Motorraum des Autos ist wirklich Furcht einflößend. Ich verspreche Dir aufzupassen.
Heute muss ich Dir von einem neuen Tierchen in meinem Garten berichten, das mich doch sehr interessiert. Das Tierchen hat ein rotbraunes Fell, einen weißen Bauch und einen riesigen buschigen Schwanz. Es springt durch meinen Garten, von Baum zu Baum, von Ast zu Ast.
Das Frauchen hat mir gesagt, ihr bayrischer Zweibeiner habe erzählt, dieses Tierchen heiße auf Bayrisch Oarschkatzl. Das bringt mich aber nun ganz schwer ins Grübeln.
Alleine der Name bereitet mir schon Probleme: Einen Oarsch, den kenne ich. Den habe ich ja auch hinten, das heißt, das Tierchen wäre auf Hochdeutsch eine Arschkatze? Und ich wäre auf Bayrisch ein Oarschkoda? Sollte das stimmen, dann vergebt Ihr schon seltsame Bezeichnungen für meine Gattung.
Aber mich beschäftigt nicht nur der Name des Tierchens. Wenn ich es so durch meinen Garten hüpfen sehe, spüre ich ein starkes Verlangen in mir. Aber nicht, was Du denkst, so zwischen Koda und Katzl. Nein! Ich sehe Bluat und das Oarschkatzl als a Leich zum Verspeisn.
I hob di zum Fressn gern!, sagt schon der verliebte

bayrische Zweibeiner.

Aber bin ich noch normal? A Katzl verspeisn? Hilf mir bitte! Vielleicht weißt Du ja mehr über das Katzl-Tierchen.

Falls nicht, befürchte ich das Schlimmste. Ich hoffe, dass ich dann nicht zum Katzenpsychologen muss. So etwas gibt es tatsächlich. Und es ist nicht so ein lieber, vertrauenswürdiger, vierbeiniger Kumpel wie Du, sondern meistens eine Zweibeinerin.

Die denkt, sie könne durch Verhaltenstherapie und durch die Gabe von selbst gebrauten Essenzen mein oberstes Stübchen manipulieren. Ich hatte schon einen ganz schrecklichen Albtraum.

Ich liege auf einer Couch.

KP = Zweibeinige Katzenpsychologin
F = Ich, nein Ferdi

KP: Miez, Miez! Wie heißt denn unser kleines Ka-
      terchen?
F: Ferdi.
KP: Das ist fein, mein Ferdi-Katerchen. Und wo
      drückt uns das Pfötchen?
F: Ich möchte ein Tier jagen, töten und auffressen.
KP: Das ist pfui, mein Ferdi-Katerchen. In diesem
      Stadtteil Berlins essen wir keine Tiere. Wir le-
      ben Grün.
F: Ich möchte ein Oarschkatzl jagen, töten und
      auffressen.
KP: Wie bitte? Ein Katzl? Jagen, töten, auffressen?
      Ich diagnostiziere eine hyperaktive Aggressi-

onsstörung eingebettet in eine die eigene Spezies vernichten wollende tief verwurzelte Verhaltensauffälligkeit.

F: Hä? Ich will doch nur etwas Frischfleisch neben all diesem Dosen- und Trockenfuttermampf.

KP: Du bist ein Problemkater!

F: Den Kumpel kenne ich nicht!! Ich bin Ferdi, ein Kreuzberger Hauskater mit adligem Migrationshintergrund!

KP: Wie bitte?? Kreuzberg, Haus, Kater, Adel, Migration, Hintergrund?? Nun kommt auch noch eine sechsfache Persönlichkeitsstörung hinzu!!

F: Gäääähn!!! Gibt es neben diesem Geschwafel hier auch etwas zum Mampfen???

KP: Ja, mein Katerchen! Ich habe hier einen Wundertrank: Bachblüten, gefertigt aus zahlreichen Blüten wie Tausendgüldenkraut, Greisenbart, Drüsen tragendes Springkraut, Gefleckte Gauklerblume und Einjähriger Knäuel; alles eingelegt in Kreuzberger Quellwasser. Wenn Du diese Essenz trinkst, sind alle Deine Probleme gelöst.

F: Hilfe!!!! An welche Blümchenhexe bin ich denn da geraten??? Ein Blütentrank aus dem Bach!!! Igitt!!! Was die hier in Kreuzberg aber auch für ein Zeugs anbieten.

Andererseits, wenn die oberste zweibeinige Kreuzberg-Chefin das Rezept für dieses Gebräu liest, sieht sie bestimmt sofort grün und sagt „Legalize it."

Nix, wie weg hier!!!

Ich wache auf, ich liege auf meiner Couch zu Hause.
Es war nur ein böser Traum. Doch der Schrecken sitzt
tief.

Jetzt brauche ich wirklich etwas Grünes, Du verstehst
mich?

Aus diesem Grund und zum Protest gegen die heutige
Einführung der Null-Toleranz-Zone in unserer schönen grünen Kreuzberger Grasanlage gehe ich jetzt
zum Solidaritäts-Kiff-In.

Endlich! Nach zwei, drei Grashalmen löst sich die
Silhouette dieser Blümchentherapeutin auf. Ich sehe
Eichen, Eich... , Eichhörnchen.

Wie ist das Leben schön!

Your Crossmountain Görli-cat

Ferdi

Von: Poldi

An: Ferdi

**Betreff: Kreative Pinselpfote statt dumpfe Killer-
kralle**

Hallo, mein Berliner Oachkatzljäger,

mit Schrecken habe ich gelesen, dass Du kleiner
Schmusekater ein so anmutiges Tierchen wie das
Eichkätzchen jagen willst und eventuell sogar daran
denkst, es zu verspeisen.

Deine Vermutungen über die Etymologie seines Namens gehen auch völlig daneben. Der flinke Nager hat
nichts mit einem Hinterteil oder Popo oder Oarsch,
wie wir Bayern sagen, zu tun. Von meinem Opa, Ma-

jor Schloch, weiß ich, dass das behände Tierchen seinen Namen von den Eicheln hat, die es gerne sammelt und verzehrt.

Lieber Ferdi, ich bin zwar kein Katzenpsychologe, aber aus meiner Sicht leidest Du eventuell unter einer akut halluzinatorisch-wahnhaften Eingebung, die von einer akuten Intoxikation mit psychoaktiven Substanzen oder zu üppigem Konsum von Gras herrührt. Oder Dich bedrückt ein dissoziativer Zustand, der zu unvorhersehbaren und potenziell gefährlichen Verhaltensweisen führen kann.

Es wäre vielleicht tatsächlich angebracht, dass Dein Frauchen Dich wirklich mal zu einem Katzenpsychologen bringt, der oder die Dich mit einem Zaubertränkchen aus Blüten kuriert. Dies ist ein Ratschlag von Deinem vertrauenswürdigen Kumpel.

Aber ich bin froh, dass Du Dich mir so öffnest und mir Deine Träume schilderst. Eine Dissimulation oder absichtliche Verheimlichung psychischer Symptome könnte auch durch eine neuropsychologische Diagnostik, so sehr man sich das auch wünscht, nicht behoben werden, denn die Schwierigkeit besteht darin, dass niemand einem anderen in den Kopf sehen kann, selbst wenn den so schöne Schnurrhaare zieren.

Lieber Stubentiger, der jetzt wieder viel im Freien herumstreunt, vielleicht könntest Du Dich mal mit anderen Aktivitäten als dem Jagen nach Piepmätzen, ringelschwänzigen Mäusen und Oachkatzln beschäftigen.

Ich habe ein Bild von einem meiner engsten Kumpel, namens Pablo gesehen. Er bemalt mit seinen Pfötchen eine Wand mit vielen bunten Farbstrichen und bereitet seinem Frauchen durch seine Kreativität viel Freude.

Überlege Dir die Sache. Ich könnte Dir dabei sogar behilflich sein, denn ich verfüge über ein großes Arsenal an Farben.

Es grüßt Dich Dein bayrischer Löwenkumpel, dessen Schweif länger ist als ein Oachkatzlschwoaf.

Poldi

Von: Ferdi
An: Poldi
Betreff: Der Waisenkater

Mein lieber Löwenkumpel,
danke für Deine hilfreiche Mail. Dein Tipp „Kreative Pinsel-Pfote statt dumpfe Killer-Kralle" kommt leider zu spät.
Ich habe die letzte Nacht kein Auge zugetan. Dieses Mäuschen war schon ganz schön flink und versteckte sich immer wieder unter den Möbeln. Aber nach Stunden landete es endlich als wohlschmeckender Sonnenaufgangsimbiss in meinem Mäulchen. Hm, einfach lecker, so ein Mäusebaby!
Als ich dann todmüde in die Federn sinken wollte, war das Schlafzimmer verschlossen. Ich musste auf dem harten Stuhl schlafen. Nach Stunden wache ich dann auf und oh Schreck, was sehe ich? Ich bin jetzt eine Plüsch-Hasi-Mutti, denn ich liege inmitten von Osterhäschen. Das Frauchen behauptet, ich hätte mich von ganz alleine so gebettet. Kein Kommentar.
Nimm Du Dir nun ein Taschentuch zur Tatze, denn was ich Dir jetzt erzähle, ist sehr, sehr traurig.

Vati unbekannt, Mutti durchgebrannt!
Der Anblick inmitten der Plüsch-Hasis erinnert mich sehr an meine eigene Kinderstube. Auch ich lag mit meinen drei Geschwistern als kleines Katerchen so bei meiner Mutti. Sie war noch sehr jung, als sie Mutter wurde. Die Zweibeiner würden sagen, ein Teenager. So richtig hat sie sich auch nie um uns gekümmert,

einzig Trinken durften wir bei ihr, das war schon alles. Und nach vier Wochen hatte sie die Nase voll von uns Plagen und sie verschwand auf Nimmerwiedersehen. Ich war plötzlich ein Waisenkind.

Du denkst nun bestimmt, dass ich aus einem Brennpunktbezirk stamme. Nein, das ist nicht der Fall; es ist eine gut bürgerliche Gegend. In diesem Stadtteil haben oft Kater und Kater ein Techtelmechtel. Du verstehst, was ich meine?

Meine Mutti, die junge Katze, war eigentlich vor jedem Übergriff sicher. Wer sollte ihr als Katze dort zu nahe kommen? Na ja, und dann hat wohl mein Vati unbekannt einmal im Dunkeln falsch angedockt und plötzlich hatte Mutti vier Bälger. Da hätte ich mich wohl auch aus dem Staub gemacht.

Zum Glück wurden ich und meine Geschwister von den zweibeinigen Dienstlern meiner verschwundenen Katzenmutti über mehrere Wochen aufgepäppelt. Dann kam mein liebes Frauchen und hat mich adoptiert.

Ich lebte fortan in ihrer Familie mit dem Boss, Gott habe ihn selig, und mit meinem Kumpel Alois, der Katergott habe ihn selig.

Es waren wunderschöne Jahre.

Jetzt wohne ich alleine mit dem Frauchen und bin schon wieder Halbwaise. Manches Mal sagt sie zu mir im Scherz, ich solle ihr keine beweglichen Flugobjekte in die Wohnung bringen. Das mag sie nämlich gar nicht. Es könnte dann passieren, dass sie eine Herzattacke erleidet und dann wäre ich Vollwaise.

Okay, im Moment bemühe ich mich nach besten Kräften ihr nur kleine graue Mäuschen zu bringen. Denn das ist nicht ganz so belastend für sie. Nur ein Mägelchen, ein Füßchen oder ein Köpfchen, die weggeräumt werden müssen. Ich muss ja behutsam mit dem Frauchen umgehen. Ich darf sie nicht erschrecken. Denn wie soll ich leben als Vollwaise ohne zweibeiniges Personal? Es wäre ein Albtraum.

Dein Halbwaisen-Kater

Ferdi

Von: **Poldi**
An: **Ferdi**
Betreff: Ein aufmunternder Gruß

Lieber Ferdi,
ich glaube Deinen letzten Äußerungen entnehmen zu können, dass Du Dir momentan zu viele Sorgen machst, Dich einsam fühlst und vielleicht ein gewisses Streicheldefizit auf Deinem Gemüt lastet.
Lieber Pelztierkumpel, Kopf hoch! Lebe geht weiter!
Ganz liebe Grüße unter Felltigern

Poldi

Von: **Ferdi**
An: **Poldi**
Betreff: Der Hilferuf

Mein bayrischer Lion!
Hilfe, ich habe heute Schreckliches in dem kleinen rechteckigen Guckkasten gelesen:
Lkw mit Schmuggelware - Katzen zum Verzehr.
In Hanoi wurde ein Lkw voller Katzen beschlagnahmt, die ein Zweibeiner aus China eingeschmuggelt hatte. Er hatte die Tiere in einer chinesischen Provinz gekauft und wollte sie an vietnamesische Restaurants verkaufen. Katzenfleisch ist dort eine Delikatesse.
Nun habe ich riesiges Muffensausen. Hier in Berlin leben doch auch ganz viele dieser zweibeinigen Schlitzaugen. Zwar überwiegend im Ostteil der Stadt, wie ich weiß; aber die Mauer gibt es ja nicht mehr.
Außerdem stelle ich fest, die Gefahr kommt immer näher. Gestern hat eine zweibeinige Freundin dem Frauchen erzählt, dass in einem Kunstladen hier um die Ecke ab heute Abend elf zweibeinige Chinesen Bilder ausstellen. Da soll das Frauchen hingehen. Stell Dir das vor, zweibeinige Schlitzaugen direkt in meiner Nähe.
Früher sagte das Frauchen öfter zu meinem alten Kumpel Alois, der Katergott habe ihn selig, wenn er wieder seine wilden Zeiten hatte, er solle schön brav sein. Sie werde sonst den zweibeinigen Chinamann holen und der werde dann nur feststellen:
Ein leckelel saftigel Blaten, und den Alois mitnehmen.
Ich war noch jung und unerfahren. Ich dachte immer,

72

was redet die Olle für einen Unsinn, die ist nicht ganz klar im Kopf. Vielleicht hat sie auch etwas eingeworfen? Das ist hier in Crossmountain nicht so ungewöhnlich, wie Du weißt.

Doch jetzt stelle ich mit Schrecken fest, das Frauchen hat die Wahrheit gesagt, nichts als die Wahrheit über zweibeinige Schlitzaugen und Katzen.

Mein herzallerliebstes Poldilein, stelle Dir die grausame, barbarische Szene vor:

Dein almel Bellinel Miezekatel dleht sich als Lollblaten am Glill und anschließend wild Dein liebel Pelztielfleund einem zweibeinigen Schlitzauge zusammen mit Leiswein selvielt.

Was für ein schreckliches Ende!

Jetzt kann ich nur noch beten:

Lieber Katergott,

ich verspreche Dir hoch und heilig, ich bin ab sofort ganz brav.

Ich werde mein liebevolles und treu sorgendes Frauchen nie mehr Olle oder Trampeltier nennen.

Ich werde mich nie mehr über mein Futter beschweren.

Ich werde keinem Lebewesen mehr ein Härchen oder ein Federchen krümmen.

Lieber Katergott, ich hoffe, Du erhörst meine inbrünstigen Versprechen und bewahrst mich vor einem erbärmlichen Ende an einem Grillspieß.

Lieber Poldi, vielleicht kannst auch Du bei unserem obersten Pelztiergott für mich beten.

Ein herzliches Vergelt's Katergott!

Dein Dich über alles liebender Kreuzberger Kater
Ferdi

PS Olle im sechsten Absatz ist kein Versehen, denn
das habe ich noch vor dem Gebet geschrieben.

Von: Poldi
An: Ferdi
Betreff: Eine Katzenschnurre

Mein hoch geschätzter Hauptstadttiger,
zu Deinen Ängsten vor zweibeinigen Schlitzaugen
rate ich Dir in Deinen Gefilden und bei Deinem Frauchen zu bleiben. Da bist Du in sicherer Obhut.
Heute kann ich Dir endlich wieder etwas Interessantes
berichten, das ich in einer Zeitung über Deine Spezies
gefunden habe. Ein gewisser Stubentigerkollege namens Merlin, wie der berühmte mythische Zauberer
aus dem Artus Zyklus, hat einen neuen Weltrekord im
Schnurren erzielt und es ins Guinessbuch der Rekorde
geschafft.
Ich weiß, dass Du auch ganz gut zu schnurren ver-
magst, aber selbst mit eifrigstem Training wirst Du
diese Leistung nie überbieten können. Andererseits
kann Dein Frauchen dann auch weiterhin ungestört
Filme im Fernsehen ansehen und an diesem komi-
schen Gerät mit der ungenießbaren Maus ohne ernst-
hafte Belästigung Deinerseits arbeiten.
Ich zermartere mir schon seit einiger Zeit mein Gehirn,
womit Du es ins Guiness World Records Book schaf-

fen könntest.

Vielleicht mit einer neuen Rekord-Fangquote an Mäusen in einer Woche oder mit einer ungewöhnlichen Beute? Ich denke da an den Schlachtensee und die ihn mit ihrem Kot kontaminierenden Köter oder an eine Kanadagans oder an ein Füchslein oder an einen Dachs. Ein Bäume fällender Biber wäre auch nicht schlecht, aber Achtung vor seinen Kauwerkzeugen, die äußerst kräftig und scharf sein sollen.

Lieber Ferdi, vielleicht hast Du selbst eine Idee, wie Du es zu einem Eintrag in diese Rekordbibel und zu einem Zeitungsartikel bringen könntest.

Herzliche Grüße von Deinem rekordgeilen Kumpel, der es immerhin zum bayrischen Wappentier gebracht hat, obwohl Karl Valentin, unser Komikergenie sich einst gewundert hat:

Warum hat man als bayrisches Wappentier ausgerechnet einen ausländischen wilden Löwen aus Afrika genommen? Ein Bräuross hat doch mehr Kraft wie ein Löwe.

Poldi

Von: **Ferdi**
An: **Poldi**
Betreff: Der Tipp für zweibeinige Singlefrauen

Lieber Löwenkumpel,
danke für Deine Mail. Du zermarterst Dir den Kopf,
mit welchem Rekord ich in das Guinessbuch Eintrag
finden könnte? Na, da kann ich liefern.
Ich habe mich bislang nur nicht getraut Dir das zu
erzählen, da ich ja, wie Du sicher schon gemerkt hast,
etwas zurückhaltend bin. Aber in meiner Sturm- und
Drangzeit war ich **der** Aufreißer von Zweibeinern für
das Frauchen.
Jetzt denkst Du sicherlich: Dieser preußische Auf-
schneider! Oder ist er wieder auf einem Grastrip, dieses Kreuzberger Undercat?
Nichts von alledem, mein Löwenkumpel. Alle Geschichten sind wahr, ich habe sie höchstkaterlich mit
meinem Frauchen zusammen erlebt.
Und deshalb mein Vorschlag für alle zweibeinigen
Singlefrauen: Den Zweibeiner fürs Leben nicht in
dem kleinen rechteckigen Guckkasten suchen, sondern sich einen jungen Sturm-und-Drang-Kater mit
Freigang anschaffen. Dann werden die Frauchen jede
Menge Zweibeiner kennenlernen.
Und das Gute daran ist, ich selbst als Kater kann sofort erkennen, ob der Zweibeiner überhaupt kompati-
bel ist für ein Leben mit mir und meinem Frauchen.
Und wenn das nicht der Fall ist und es sollte sich da
trotzdem zwischen den Zweibeinern irgendetwas an-
bahnen, kann ich gleich effiziente Maßnahmen ergrei-

fen, die diesem Zweibeiner klarmachen, dass eine Verdünnisierung seiner Wenigkeit ganz erheblich zur Steigerung meines Wohlbefindens und zur Wiederherstellung des Hausfriedens beitragen wird.

Doch nun möchte ich Dir von meinen Eroberungen für das Frauchen erzählen.

Als junger Sturm-und-Drang-Kater kannte ich nur eines: Raus aus dem Haus, rein in den Garten, rauf auf die Mauer und rüber auf den Gottesacker.

Ein Paradies: Piepmätze ohne Ende und auch Zweibeiner ohne Ende. Aber die können im Gegensatz zu den beiden zweibeinigen Gartenaufseherinnen nichts mehr sagen, wenn ich mir ein Vögelchen aus der Nähe anschaue. Denn die Zweibeiner auf dem Gottesacker betrachten die Piepmätze nur noch stillschweigend von unten.

Gottesacker, der erste Zweibeiner!

Ich bin noch ganz jung und habe ich mich im Paradies verirrt. Die Mauern sehen vom Gottesacker her betrachtet alle gleich aus. Das Frauchen ist sehr traurig und geht jeden Tag auf den Gottesacker, um mich zu suchen, aber vergeblich.

Als sie eines Nachmittags mit meinem leeren Katermobilheim in der Hand in unsere Straße kommt, da spricht sie ein Zweibeiner an:

Sie sehen so traurig aus.

Und er schaut auf das leere Katermobilheim. Das Frauchen erzählt ihm, dass sie mich schon seit Tagen auf dem Gottesacker suche. Der Zweibeiner sagt ihr, dass eine junge Zweibeinerin aus seinem Haus vor einigen Tagen einen kleinen Kater bei sich aufgenommen habe, der stundenlang im Hof saß und jämmerlich miaute.

Mein Löwenkumpel, Happy End!

Und das ist meine Bewertung des Zweibeiners:

Zeigt Mitgefühl an meinem Schicksal und hat Antennen für die Empfindungen des Frauchens.

Gesamtnote gut

Gottesacker, der zweite Zweibeiner!!

Ich bin wieder auf dem Gottesacker und kann aber nicht mehr zurück in den Garten, da die Bäume vor der Mauer, die ich zwischenzeitlich kenne, gefällt worden sind. Das habe ich bei der Ankunft in der Aufregung nicht bemerkt. Ich lebe schon einige Tage auf dem Gottesacker, als mich das Frauchen dann doch noch findet.

Mein Löwenkumpel, Happy End!

Als wir in unsere Straße einbiegen, tritt ein Zweibeiner aus dem Restaurant an der Ecke. Er schaut das Frauchen an und dann mich in meinem Katermobilheim.

Der Zweibeiner:

Ist das Kater oder Katerin?

Ich denke nur, oh mein Gott! Was redet denn dieser Macho für einen Blödsinn? Natürlich bin ich Ersteres. Oder vielleicht doch das Zweite? Als ich noch ganz klein war, hatte ich einen Termin bei einem grauhaarigen Zweibeiner im weißen Kittel. Danach fehlt mir ein Stück Erinnerung in meinem Leben. Und seitdem fühle ich mich irgendwie im hinteren Teil des Körpers

um ein paar Gramm leichter. Ist halt nur so ein Gefühl.
Und das ist meine Bewertung des Zweibeiners:
Nimmt mich in meinem Katermobilheim wahr. Die
Frage nach meiner Geschlechtsidentität bringt mich
zum Nachdenken, erscheint mir aber nur oberflächlich.
Primär geht es wohl um Kontaktaufnahme mit dem
Frauchen.
Gesamtnote befriedigend

Gottesacker, der dritte Zweibeiner!!!
Ich bin nun schon etwas älter. Es gibt eine Katzen-
klappe vom Haus zum Gottesacker und ich trage ein
Halsband mit Plakette, auf der die Telefonnummer des
Frauchens steht.
Ringring, Ringring, Ringring.
Hallo, hier spricht das Frauchen.
Ein Zweibeiner:
Hallo, ich bin auf dem Gottesacker. Bei mir ist ein
Kater, schwarz mit weißen Pfötchen. Ist das ihr Tier?
Ja! Um Himmels willen, was ist denn passiert?
Ihr Kater hat sich gerade übergeben. Was soll ich denn
jetzt machen?
Ach, das ist nicht so schlimm, er findet auch den Weg
zu mir zurück. Vielen Dank, dass sie angerufen haben.
Und das ist meine Bewertung des Zweibeiners:
Süß. Ein Schatz, ein Herzchen und so katerlieb. Er hat
sich sehr um mein Wohlbefinden gesorgt. Diesen
Zweibeiner will ich sofort adoptieren.
Mein Löwenkumpel, stell Dir das vor. Nur weil ich
rückwärts gegessen habe, ruft er das Frauchen an!
Okay, okay. Ich gebe zu, im Falle einer erfolgreichen

Adoption hätte er eine Flatrate für das Telefon benötigt. Aber das Frauchen hat ihn leider abgewimmelt.
Gesamtnote sehr gut plus

Gottesacker, der vierte Zweibeiner!!!!
Das Frauchen erhält einen Brief. Ach, denkst Du sicherlich, wie romantisch. Ein Briefschreiber in diesem digitalen Zeitalter voller Geräte mit ungenießbaren Mäusen und kleinen rechteckigen Guckkästen. Dieser Briefschreiber ist sicherlich meiner und des Frauchens Traummann.
Lies erst mal seinen Brief!

Absender: Gottesacker in Kreuzberg
Betreff: Streunende Katze
Sehr geehrtes Frauchen,
ich bitte Sie freundlichst, die Katzenklappe an Ihrem Haus dauerhaft zu verschließen. Ihr Kater wurde mehrfach gesehen, wie er auf Grabstellen sein Geschäft verrichtet und dabei Pflanzungen zerstört und die Grabstellen verunreinigt.
Mit freundlichen Grüßen
Der Chef des Gottesackers

Ich frage Dich ehrlich, mein Löwenkumpel, wie ist der Typ denn drauf? Da sitzt dieser Zweibeiner auf seinem Gottesacker und beobachtet fortwährend einen kleinen Kater bei der Verrichtung seines Geschäftes. Ich habe zwar schon so einiges gehört über die Passionen der Zweibeiner. Die schreiben darüber sogar Bücher und drehen Filme. Davon hast Du bestimmt auch schon gehört, ist ganz aktuell: Fünfzig graue Schatten. Aber selbst in dieser Geschichte sitzt nicht ein einziger zweibeiniger Geschäftebeobachter in einem der grauen Schatten.

Und das ist meine Bewertung des Zweibeiners:

Fällt aus jeder Bewertungsskala.

Ich wünsche ihm: Gottesacker, einmal lebenslänglich und unmittelbar im Anschluss Gottesacker für immer und ewig!

Übrigens, nach diesem Vorfall war ich nie mehr dort.

Dein Singlefrauen-Berater

Ferdi

Von: Poldi
An: Ferdi
Betreff: Leopold lebt noch

My dear Crossmountain Roomtiger,

ich muss mal wieder etwas von mir hören lassen, denn es gibt Neues zu berichten, Gutes und Schlimmes. Ich fange mit dem Schlimmen an.

Einer meiner Löwenkumpel wurde vom Kreisverwaltungsreferat in München abkommandiert, um auf dem Oktoberfest, der größten Besäufnisorgie der Welt, Dienst zu leisten.

Er muss, in einen Käfig verbannt, an der Fassade des Löwenbräu-Biertempels in Intervallen von zehn Minuten "Lööööweeenbräu" röhren und dann einen schweren Masskrug, der noch nicht einmal gefüllt ist, an sein Maul heranführen. Er ist dabei Tag und Nacht den Paparazzi ausgeliefert und davon gibt es Millionen.

Der arme Kumpel tut mir leid. Er wird nach den sechzehn Tagen des Rauschfestivals bestimmt keine Stimme mehr haben und zum Tierarzt müssen.

Ein weiterer meiner Artgenossen muss gar während der ganzen Zeit unbeweglich zu Füssen der ehernen Bavaria sitzen, der Symbolfigur und Schutzpatronin Bayerns.

Die armen Kerle!

Doch nun zum Erfreulicheren: Neulich las ich etwas Interessantes in einem Tiermagazin. Da war die Rede von einer Initiative, die aus Amerika stammt und die sich Kids4Cats nennt. Dort lesen Kinder Katzen, also Deinen Kumpeln, aus Büchern vor. Aus dem Vorlesen ergeben sich Vorteile, die nicht zu verachten sind, heißt es dort. Die Kinder hätten durch den Kontakt zu Deinen Artgenossen nicht nur eine größere Freude am Lesen, sondern würden dabei auch ihre Lesekenntnisse und ihr Allgemeinwissen verbessern.

Auf Deine Kumpel wiederum würde sich das Vorlesen beruhigend auswirken und sie würden schneller Vertrauen zu den Menschen fassen. Von dieser Idee haben also beide Seiten etwas.

Lieber Ferdi, in meinem Bemühen, Dein Vertrauen zu gewinnen und zu verbessern, würde ich bei meinem nächsten Berlinbesuch gerne einen Testversuch starten. Ich habe mir auch schon Gedanken gemacht über die literarischen Werke, die ich Dir zitieren könnte.

Sicher würden Dich Geschichten, die von Typen der felinen Spezies handeln, mehr interessieren als andere

Prosa. Ich denke da zum Beispiel an Werke wie E.T.A. Hoffmanns „Lebensansichten des Katers Murr", an das Märchen der Gebrüder Grimm „Der gestiefelte Kater", an Elke Heidenreichs „Nero Corleone" oder an eine meiner Lieblingsgeschichten von Edgar Allan Poe „The Black Cat", die mir immer wieder meine Mähnenhaare aufstellt. Oder soll es die Geschichte der Grinsekatze aus „Alice im Wunderland" sein oder gar ein gemeinsamer Abend mit dem Anschauen des Musicals „Cats"?

Liebes Kreuzberger Pelztier, vielleicht teilst Du mir mal Deine literarischen Vorlieben mit, damit ich mich darauf einstellen kann.

My dear fur animal, all the best for you from your Bavarian lion

Poldi

Von: **Ferdi**
An: **Poldi**
Betreff: Der Therapiekater

Lieber Poldi,
vielen Dank für Deine Nachricht. Ich finde es löblich,
dass Du mir etwas vorlesen möchtest. Als weltge-
wandter Kater fällt mir die Wahl sehr schwer, aber ich
fühle mich doch von „The Black Cat" sehr angezogen.
Ich bin ja selbst eine Black Cat mit weißen Sprenkeln.
Ob es da biografische Ähnlichkeiten gibt? Ich bin
gespannt auf Deine Geschichte.
Schlimm sind die Erzählungen über Deine Löwen-
kumpels. Was Du da anlässlich dieses Wiesenfestes
der Zweibeiner beschreibst, ist ja eine richtige Fronar-
beit für die armen Kumpels; eine erniedrigende Tätig-
keit. Da würde ich mal gleich den Löwenrechtsbeauf-
tragten einschalten.
Ich habe auch einen neuen Job. Ich arbeite nämlich
jetzt als Therapiekater. Davon hast Du bestimmt schon
gehört. Ein Therapiekater geht zum Beispiel in ein
Seniorenwohnheim, bespaßt die zweibeinigen Be-
wohner, lässt sich streicheln, schnurrt und am Ende
sind alle happy.
Aufgrund meiner exzellenten Fähigkeiten nehme ich
natürlich anspruchsvollere Aufgaben wahr. Außerdem
arbeite ich zu Hause und die von mir zu betreuende
zweibeinige Patientin ist das Frauchen. Bei ihr habe
ich jede Menge Therapiebedarf festgestellt.
Wie ich Dir schon angedeutet habe, hatte sie schon
des Öfteren morgens Probleme mit dem Auffinden

von Leichen oder gar nur Leichenteilen. Nicht nur, dass ich mir dann immer das laute Gezeter anhören muss, das alles verzögert auch den reibungslosen Ablauf meines Frühstücksservice.

Deshalb habe ich nun beschlossen, dass ich das Frauchen ganz, ganz früh, noch im Bett liegend, einer sanften Konfrontationstherapie aussetzen will.

Heute Morgen ist es so weit. Gespannt warte ich am Fußende ihrer Bettdecke, dass sie endlich aufwacht.

Therapieansatz – jetzt!

Sie bewegt sich, sie legt sich auf den Rücken, öffnet die Augen, hebt leicht den Kopf und schaut natürlich zuerst zu mir. Sie wünscht ihrem geliebten Kater und ab heute auch ihrem Therapiekater einen Guten Morgen. Dann schweift ihr Blick nach links. Da liegt etwas Dunkles auf dem strahlend weißen Laken.

Ferdi!! sagt sie in strengem Ton, Du hast doch nicht etwa auf das Bett gek …?!?

Oh je! Ich wage nicht, das Wort zu schreiben. Schon am frühen Morgen diese Vulgärsprache.

Was sollen die Leute von mir denken?

Und dann erst mein Ruf als Therapiekater!

Es ist einfach schrecklich mit dieser zweibeinigen Patientin. Okay, im Bett trägt sie ja noch nicht ihre Brille. Also muss ich wohl einfach noch etwas Geduld haben.

Eine kurze Zeit des Wartens und:

Therapieansatz – jetzt!

Endlich! Sie schaut genauer hin. Ihre Gesichtszüge offenbaren, dass sie nun endlich erkennt, dass mein vermeintlicher Mageninhalt ein graues Pelzmäntelchen mit Schwänzchen trägt.

Ach, Ferdi! Weißt Du, das Ganze ist einfach nur eine große S…! sagt sie, dreht sich um und zieht sich die Bettdecke über den Kopf.

Oh je, wie entsetzlich, schon wieder Vulgärsprache und jetzt versteckt sie sich sogar unter der Decke. Man muss als Therapiekater wohl sehr viel Geduld haben mit dem Frauchen, also warte ich. Irgendwann muss sie aufstehen. Mein Frühstück wartet schließlich auf seine Zubereitung.

Nach etwa zehn Minuten des Wartens, endlich:

Therapieansatz – jetzt!

Ihr Kopf späht unter der Decke hervor:

Ferdi, ich sage es dir nochmals, das ist eine große Sch …!

Ich schaue sie mit durchdringendem Therapie-Katerblick an:

Mein liebes Frauchen! Nix Oink-Oink! Hier liegt eine Maus! M–A–U–S!!

Doch sie lässt sich nicht vom Oink-Oink abbringen.

Stelle Dir das wirklich leibhaftig vor, mein Löwen-kumpel! Auf dem strahlend weißen Bettlaken liegt eine graue Maus und das Frauchen redet immerzu von rosafarbenen Schweinchen.

Ich beschließe, diese Schweinderl-Therapie mit ihr sofort abzubrechen.

Ich werfe schnell noch den Frühstücksmampf ein und dann, so glaube ich, brauche ich einen Arzt; einen sehr, sehr guten Therapeuten.

Your totally confused therapy-cat

Ferdi

Von: Poldi
An: Ferdi
Betreff: Empathie für Frauchen

Mein lieber Kreuzberger Pelztierkumpel!
Ferdi, ich muss Dir mitteilen, dass ich nach Deinen letzten Eskapaden, Maus auf Bettlaken, Nagetiergebeine im Zimmer und ähnliches, vollstes Verständnis für den Unwillen Deines Frauchens habe und ihr gut nachfühlen kann und Empathie für sie hege, wenn sie sauer auf Dich ist.
Es ist nämlich wissenschaftlich erwiesen, dass Frauen panisch Angst haben vor Mäusen und Ratten. Wenn Dein Frauchen keine Angst davor hätte, wäre sie ja seltsam und anormal. Willst Du das?
Außerdem hast Du mir schon mitgeteilt, dass Du auch schon mehrmals erwogen hast, Eichhörnchen in Dein Beuteschema aufzunehmen. Dies finde ich besonders abscheulich, weil ich diese putzigen Nager mit ihren buschigen Schwänzen besonders liebe und sie gerne auf Friedhöfen fotografiere.
Mein Berliner Haustiger, sollte Dich jemals Dein unstillbarer Jagdinstinkt dazu verleiten solch ein Eichkätzchen zur Strecke zu bringen, dann bekommst Du es aber mit mir zu tun. Unsere feline Freundschaft ist dann in großer Gefahr und ich bin geneigt, sie für immer aufzukündigen.
Lieber Ferdi gehe in Dich und versprich mir, Dich zu bessern.
Mahnende Grüße
Poldi

Von: **Ferdi**
An: **Poldi**
Betreff: Das Halali

Lieber Löwenkumpel,
mit Verwunderung lese ich, dass Du unsere feline
Freundschaft aufkündigen willst, falls ich ein Eichhörnchen jagen sollte. Du fotografierst diese putzigen
Tierchen gerne auf Friedhöfen.
Wie bist Du denn drauf?
Solltest Du etwa auf diesem seltsamen Wiesenfest in
die Fänge von Zweibeinern geraten sein? Was haben
sie Dir angetan? Du hattest mir ja berichtet, dass insbesondere den Löwen auf diesem Fest einige Unbill
widerfahren kann.
Muss ich mir Sorgen machen?
Oder, mein lieber Poldi, ich vermute etwas ganz Anderes. Hast Du vielleicht doch auf der Wiesen neugie-
riger Weise den einen oder anderen Grashalm zu viel
verkostet?
Ja, ja ... das Gras ...
Und dann träumt er, mein wilder bayrischer Löwenkumpel, er sei ein verliebter Eichhörnchen-Fotograf
auf einem Friedhof ...
Ja, ja ... das Gras ...
Ich hoffe, Du bist zwischenzeitlich wieder runterge-
kommen und ich stimme einfach nur das Halali an.
Denn das Frauchen ist auch schon wieder ganz ko-
misch drauf. Statt sich mit mir über den Jagderfolg
des heutigen Tages, zwei kleine Mäuschen, zu freuen,
ging sofort das Gezeter los:

Ich glaube, ich spinne. Das gibt es hier nicht! Du wirst jetzt nachts eingesperrt, damit du mir nicht das Ungeziefer hier einschleust.

Aber hallo! Ich verkünde es der Ollen klipp und klar: Ich bin ein freier Kreuzberger Kater. Ich kenne meine Rechte, da kann sie sicher sein. Ich fordere die freie Entfaltung meiner Katerpersönlichkeit, den Anspruch auf Freizügigkeit und freie, grenzenlose Jagdrechte.

Wenn sie es sich nicht anders überlegt, werde ich einen Katerrechtsbeauftragten einschalten.

Your very sad imprisonend

Ferdi-cat

Von: Poldi
An: Ferdi
Betreff: Angriff auf Poldi als bayrisches Vorzeige-
**   tier**

Lieber Ferdi,

ich hoffe, dass Dir Dein Frauchen bei der Entfaltung Deiner Katerpersönlichkeit keine weiteren Steine in den Weg gelegt hat und Du den Katerrechtsbeauftragten nicht einschalten musstest.

Doch nicht nur Du hast Probleme, auch ich muss Dir jetzt kurz vor Weihnachten aus einem ganz betrüblichen Anlass schreiben. Vor ein paar Tagen fand ich in meiner täglichen Zeitungslektüre einen äußerst bedenklichen Artikel, in dem man die Frage aufwirft, ob ich noch zeitgemäß als bayrisches Vorzeigetier gelten kann.

Wie Du weißt, habe ich es sogar in das Wappen der Wittelsbacher geschafft und man ist mir bisher mit größter Hochachtung begegnet, obwohl ich in freier bayrischer Wildbahn nicht mehr existiere. Alle Passanten, die in München an der Residenz vorbeikommen, streicheln mir zum Beispiel die Tatzen, weil sie wissen, dass das Glück bringen soll. Zu Füßen unserer Schutzpatronin Bavaria darf ich meine Blicke über mein geliebtes Bayernland schweifen lassen. Nun stellt doch so ein mieser Schreiberling öffentlich die Frage, ob ich noch all die Facetten abzubilden vermag, die unser bayrischer Landesherr in einer einzigen Rede offenbart? Und dieser finstere Schreiberling fährt fort, ob nicht doch der Wolpertinger, dieses berühmte bayrische Fabelwesen besser geeignet wäre? Schau Dir doch nur mal an, wie grottenhässlich dieses scheue Exemplar ist, das noch von kaum jemand gesichtet wurde und das man als bayrischen Yeti bezeichnen könnte. Ich fühle mich in meiner Ehre zutiefst gekränkt überhaupt mit solch einem Monster auf die gleiche Stufe gestellt zu werden. Als heraldisches Symboltier schmücke ich die Wappen und Flaggen unzähliger Staaten, wie zum Beispiel von Luxemburg, Aquitanien, Montenegro, Tschechien, Kenia, Tibet und viele andere mehr. Könntest Du Dir je vorstellen, dass Venedig statt des Markuslöwen einen spastischen Wolpertinger als Staatssymbol haben wollte? Sogar Sternbilder sind nach mir benannt worden. Von einem kleinen Wolpertinger am Sternenhimmel habe ich noch niemals etwas gehört oder gelesen.

Wie lächerlich wäre es, wenn sich jemand als Heinrich der Wolpertinger bezeichnete oder wenn Haile Selassie, der äthiopische Kaiser statt der Löwe von Juda als Wolpertinger von Juda in die Geschichte eingegangen wäre?

Stell Dir, liebes Kreuzberger Pelztier, einmal die ägyptische Sphinx mit einem Wolpertinger-Schädel vor. Sie wäre wahrscheinlich längst von Ästheten zerstört worden.

Hat sich jemals ein Sportverein, wie zum Beispiel die Münchner Löwen oder der Eishockeyklub Tölzer Löwen nach diesem potthässlichen Mischwesen, das der Schriftsteller Ludwig Ganghofer einmal als Hirschbockbirkfuchsauergams bezeichnet hat, benannt? Ich bin stinksauer auf diesen Tintenkleckser mit seiner abscheulichen Glosse.

Was, lieber Ferdi, würdest Du empfinden, wenn Du lesen müsstest, dass die Katze ein Symbol der Falschheit und Hinterhältigkeit ist und archetypisch mit dem Weiblichen verbunden ist und dass sie im Mittelalter ein Begleittier der Hexen war?

Ich habe auch schon gelesen, dass die Katze ein Symbol der Selbstständigkeit, der Lust, des Eigensinns und des Willens ist. Oftmals muss sie auch herhalten als Symbol der Fruchtbarkeit und des weiblichen Geschlechtsorgans, so zum Beispiel Pussy im Englischen. Ich finde es auch unpassend, wenn man eine Peitsche als neunschwänzige Katze bezeichnet, weil sie Striemen auf der Haut hinterlässt wie die Krallen einer Katze.

Für mich sind Pelztiger wie Du und ich Symbole für körperliche Geschmeidigkeit und Schmusereien und höchst attraktive Tiere.

Viele betrachten Katzen auch als Glücksbringer und halten sie, wie Dein Frauchen, als Haustiere. Mehr als sieben Millionen Deutsche, die das machen, können nicht irren.

Viele Streicheleinheiten von Deinem tief gekränkten bayrischen Löwen

Poldi

Von: Ferdi
An: Poldi
Betreff: Der Ferdinator

Lieber Poldi,

mit Entsetzen habe ich Deine Mail über Deine geplante Ablösung als bayrisches Wappentier gelesen. Aber bitte nicht traurig sein und lamentieren, mein Löwenkumpel, sondern handeln. Zum Glück kennst Du mich als Deinen besten Freund und meine Losung:

Bei Problemen nicht verzagen, sondern einfach nur den Ferdinator fragen!

Ich werde aus Crossmountain in Dein schönes Bayernland anreisen und dann werde ich dieses Ding namens Voll-Bert ausfindig machen. Ein Foto hast Du mir ja geschickt. Dieser Voll-Bert mit seinen gefiederten Flügelchen und seinem süßen spitzen Gesichtchen wird eine wohlschmeckende Bereicherung meines Speiseplans werden.

Und wenn ich dieses Ding dann aufgespürt habe und ihm gegenüberstehe, Auge in Auge, werde ich ihm sagen:

Du hast ein Problem, Berti! Oder besser gesagt, mehrere Probleme! Denn gleich wirst du dich vervielfältigen!

Und dann ... Pitsch, patsch, bumm ...! Der Voll-Bert ist in seine Einzelteile zerlegt, Problem gelöst!

Und als Krönung, mein Löwenkumpel, gibt es dann für uns beide als Festtagsschmaus Schlachteplatte „Berti".

Deshalb ärgere Dich nicht, mein Löwenkumpel, son-

dern befolge meine Losung:
Bei Problemen nicht verzagen, sondern einfach nur den Ferdinator fragen!
Hasta la vista, baby and a happy Xmas from Xmountain
El Ferdinator

Von: **Poldi**
An: **Ferdi**
Betreff: Neues vom bayrischen Löwen

Hallo Ferdi, mein Pelztierkumpel,
in einem der letzten Streiflichter meiner Zeitung habe ich etwas gelesen, was mir im Hinblick auf Dein Frauchen zu denken gegeben hat. Ich glaube nämlich, die Olle leidet unter der in diesem Artikel beschriebenen Objektophilie oder Objektsexualität. Dort heißt es nämlich, dass 60 Prozent der Smartphonenutzer ihr Gerät mit ins Bett nehmen würden und es im Falle eines Brandes eher retten würden als ihre Katze. Dort steht weiter, dass Smartphone-User auch Katzen-User sind und dass sie also beide Geräte mit ins Bett nähmen und möglicherweise mit beiden eine Beziehung unterhielten, die über die landläufige Sympathie um einiges hinausginge.
Nach meinen Studien Deiner bisherigen Erzählungen aus Deinem Revier hege ich die Vermutung, dass die oben genannten Symptome auch auf Deine Gebieterin zutreffen. Aber zu Deiner Beruhigung, lieber Stubentiger, glaube ich zu fühlen, dass Dein Frauchen Euch

beide gemeinsam retten würde und sich bei ihr die Werte noch nicht auf so bedrückende Weise verschoben haben. Ich glaube sogar, dass bei ihr die Gefühle zu Lebewesen noch stärker ausgeprägt sind als zu leblosen Objekten.

Winterliche Grüße vom Bavarian Wappentier
Poldi-Lion

Von: **Ferdi**
An: **Poldi**
Betreff: Der Whistleblower

Hallo mein Löwenkumpel,
ich glaube, Du bist Hellseher: Objektophilie, Entfaltung meiner Katerpersönlichkeit, Katerrechtsbeauftragter. Ja, dies alles spielte in den letzten Tagen in meinem Katerleben eine große Rolle. Doch ich habe für mich entschieden: Selbst ist der Ferdi und habe gehandelt.
Ich berichte Dir von den Ereignissen.
Das Frauchen erzählte mir, dass sie einen neuen digitalisierten Futterautomat für mich kaufen will. Ich freute mich schon. Endlich ein Gerät, das mir auf Pfötchendruck jederzeit die leckersten Spezialitäten frisch serviert. Doch ich habe mich zu früh gefreut. Es wird wie immer der übliche Dosenmampf durch das Frauchen serviert.
Stattdessen wiegt mich das Gerät, sobald ich fresse oder trinke; es zählt die Kalorien und durch eine Webcam erfolgt eine Liveüberwachung per Internet. So kann mich das Frauchen auch jederzeit mit dem kleinen rechteckigen Guckkasten überwachen. Der NSA an meinem Futternapf – nicht mit mir!
Erfunden wurde der Futterautomat im Übrigen von zweibeinigen Schlitzaugen. Ich kann Dich nur warnen, als Pelztier bei einem zweibeinigen Schlitzauge zu wohnen. Da ist äußerste Vorsicht angebracht, denn da habe ich schon schlimme Geschichten gehört.
Stelle Dir vor, Du wachst auf, reibst Dir träge den

Schlaf aus den Augen und stellst fest, es ist ja extrem heiß heute. Na ja, denkst Du, globale Erwärmung, die Zweibeiner reden ja von nichts anderem mehr. Du drehst Dich um und pennst weiter.

Doch die Hitze wird einfach unerträglich. Nun öffnest Du doch die Augen, schaust Dich um und oh Schreck! Es handelt sich nicht um eine globale, sondern um eine lokale Erwärmung. Denn Du liegst in der Küche des zweibeinigen Schlitzauges in der Blatlöhle. So heißt der Backofen auf schlitzäugig.

Du siehst also, dass von zweibeinigen Schlitzaugen nichts Gutes kommen kann. Also musste ich handeln, damit ich zurückschlagen kann, sollte das Frauchen diesen Futternapfspion kaufen.

Mit Feingefühl, exzellenter Beobachtungsgabe und Forschungsdrang habe ich dann etwas ganz Schreckliches über das Frauchen entdeckt, das ich gegen sie verwenden kann. Und es ist so entsetzlich, so grausam, ich wage kaum, es Dir zu offenbaren:

Sie isst die Köpfe von Zweibeinern!

Da gibt es einen mysteriösen Karton mit dem Aufdruck Schokoküsse. Küsse, die kenne ich von den Zweibeinern und auch das Frauchen gibt mir immer Küsschen auf das Köpfchen, so zwischen die Öhrchen. Okay, solange es ihr Spaß macht. Aber Schokolade ist da nie mit im Spiel. Das hat mich doch misstrauisch gemacht.

So habe ich das Wort Schokoküsse heimlich in dem kleinen rechteckigen Guckkasten geguckelt. Ich habe herausgefunden, dass die Schokoküsse in Wirklichkeit Köpfe von Zweibeinern aus Afrika sind, nämlich

Mohrenköpfe. Und nur weil das Wort Mohr nach Auffassung von Zweibeinern politisch nicht korrekt ist, wurden sie umbenannt.

Jetzt kann ich mich auch erinnern, in Berlin wollen sie sogar der Mohrenstraße immer mal wieder einen neuen Namen geben.

Das ist sie nun, die schreckliche Wahrheit über mein Frauchen.

Stell Dir das vor, ich muss mit ansehen, wie sie genüsslich einen Zweibeinerkopf nach dem anderen verschlingt, aber wehe, ich bringe mal ein Vögelchen oder ein Mäuschen mit nach Hause. Dann ist das Gezeter groß. So wie gestern Morgen.

Ja, da lag ein Mäuse-Korpus. Als ich ihr dann mit einem fröhlich-freundlichen Maunzilein einen Guten Morgen wünschte, merkte ich gleich, die Stimmung ist nicht gut.

Sei einfach nur ruhig! Diese Bescherung reicht mir für heute, wurde mir in strengem Ton beschieden.

Okay, okay, das sah alles nicht so gut aus. Sollte auch Dein eventuell zartbesaitetes königlich-bayrisches Löwenseelchen die harten Kreuzberger Fakten nicht ertragen können, dann schließe einfach beim Lesen der folgenden 27 Worte die Augen.

AB JETZT – Augen schließen.

Der Mäuse-Korpus lag in seinem eigenen Blute, der Kopf fehlte, der Korpus war bis zu den Hinterbeinen gehäutet und die inneren Organe schimmerten im hellen Morgenlicht.

AB JETZT – Augen öffnen.

Er war eben nicht mehr ganz so taufrisch, der Junge.

Was hätte ich denn tun sollen? Auffressen und mir den Magen verderben, nur damit der Hausfrieden gewahrt bleibt?

Nachdem ich alle diese Geschehnisse verarbeitet hatte, habe ich gehandelt.

Anschließend habe ich dem Frauchen erzählt, sie möge doch einmal in ihren kleinen rechteckigen Guckkasten schauen, da würde sie etwas ganz Neues finden. Speziell für sie, über sie und für Kreuzberg, Berlin, Deutschland und die ganze Welt.

Es hat zehn Buchstaben und beginnt mit F.

Da hättest Du dabei sein sollen. Ganz aufgeregt fummelt sie an dem Gerät, ihre Augen werden immer größer. Sie ist entsetzt, denn da ist sie, die neue Plattform, die die Welt verändern wird: Ferdileaks.

Your Crossmountain whistleblower

Ferdi

Von: Poldi
An: Ferdi
Betreff: re. Der Whistleblower

Hallo mein Kreuzberger Stubentiger,

ich kann Dich nur beglückwünschen zu Deiner Entscheidung mit dem digitalisierten Futterautomat. Selbst ist die Katze, oder wie wir in Bayern sagen: Mia san mia. Außerdem weiß ich, dass Dein Frauchen Dich in puncto Kulinarik ziemlich verwöhnt.

Was die zweibeinigen Schlitzaugen anbetrifft, so finde ich es ebenfalls grässlich, was die alles verspeisen:

Hunde, Schlangen, Seepferdchen, Heuschrecken, Maden und noch vieles mehr aus dem Tierreich.

Lieber Pelztierkumpel, was jedoch die kannibalistischen Untaten Deiner Ollen angeht, kann ich Dich beruhigen. Die Schokoküsse oder Mohrenköpfe, wie Du mit Deinem detektivischen Spürsinn herausgefunden hast, werden auch Negerküsse genannt und sind eine Köstlichkeit aus dem Bereich der Konditoreien, die ich gelegentlich auch nicht verachte.

Leider ist das Wort Neger nach Auffassung von Zweibeinern auch nicht mehr politisch korrekt, weil es eine rassistische Konnotation enthält, wie ich gelesen habe. Heißen die Negerküsse jetzt Küsse von stark pigmentierten Bewohnern Schwarzafrikas?

Selbst Pippi Langstrumpfs Negerkönig haben sie in Südseekönig umgetauft und den berühmten Sarotti Mohr, den Du sicher auch schon mal bei Deinem Frauchen gesehen hast, wenn sie wieder mal genüsslich Schokolade genossen hat, haben sie, stell Dir vor, in Magier der Sinne verwandelt. Die spinnen die Zweibeiner.

Sollte sich vielleicht der berühmte Mainzer Humba-Täterä-Karnevalist Ernst Neger in Ernst Schwarzer umbenennen? Gott bewahre ihn davor, man könnte ja sonst meinen, dass er der Gatte dieser Emma-Emanze Alice Schwarzer wäre und das wäre ihm sicher ein Gräuel.

Was haben sich diese Sprachpuristen noch alles für unsinnige Dinge ausgedacht? In den Speisekarten der Gasthäuser soll auch das Gericht Zigeunerschnitzel nicht mehr auftauchen, weil das Forum für Sinti und

Roma das Wort Zigeuner als diskriminierend und rassistisch beanstandet. Es soll Schnitzel in pikanter Soße oder so ähnlich umschrieben werden. Ja, sind die denn noch bei Sinnen?

Hat es nicht schon gereicht, dass die Universität Leipzig nur noch den Titel Professorinnen verwenden will? Was fällt diesen Hanswursten noch alles ein?

Ich bin übrigens schwer am Überlegen, ob ich Deinem Beispiel mit der Einrichtung der Ferdileaks-Plattform nicht folgen soll. Wie wäre es mit Poldileaks oder Bavarian-lion-leaks? Ich muss mir das noch gründlich überlegen wegen des NSA. Du kennst die ja bereits. Außerdem stört es mich schon gewaltig, dass ich für so viele Wappenschilde herhalten muss.

Mein Whistleblower, sei mir herzlichst gegrüßt.

Your Bavarian heraldic animal

Poldi

Fortsetzung folgt …